Musil zum Vergnügen

Herausgegeben von
Fred Lönker

Mit 6 Abbildungen

Reclam

RECLAMS UNIVERSAL-BIBLIOTHEK Nr. 19279

Umschlagillustration: Nikolaus Heidelbach, Köln
Umschlaggestaltung: Eva Knoll, Stuttgart
Gesamtherstellung: Reclam, Ditzingen. Printed in Germany 2017
RECLAM, UNIVERSAL-BIBLIOTHEK und
RECLAMS UNIVERSAL-BIBLIOTHEK sind eingetragene Marken
der Philipp Reclam jun. GmbH & Co. KG, Stuttgart
ISBN 978-3-15-019279-5

Auch als E-Book erhältlich

www.reclam.de

Inhalt

Vorwort 7

I ZEITENWENDEN – Thomas von Aquin und die Elektrische 18

II GEIST, MORAL UND ANDERE UNSAUBERKEITEN – Über den Zusammenhang von Moral und Waschzwang 45

III LIEBESFREUD UND LIEBESLEID – »Man kann wahrscheinlich auf Erden nicht vollkommen lieben!« 108

IV MENSCHLICHES UND TIERISCHES – Die einfachen und die ersten Dinge des Lebens 128

V Zum Ende 167

Textnachweise 172
Verzeichnis der Abbildungen 174

Vorwort

> »Es wäre wünschenswert, neben dem Drama den humoristischen Roman zu entwerfen. Flüchtigstes Programm dafür: eine Art Satire auf unsere seelischen Verhältnisse durch Darstellung unbegrenzter anderer Möglichkeiten.«
>
> Tagebuchnotiz vom 14. Oktober 1911[1]

Der Schriftsteller Robert Musil (1880–1942) hatte als Ingenieur begonnen. Als er im Frühjahr 1905 das Manuskript seines ersten Romans *Die Verwirrungen des Zöglings Törleß* fertigstellte, hatte er bereits sein Maschinenbaustudium abgeschlossen und in Stuttgart ohne großes Interesse als Assistent an der Technischen Hochschule gearbeitet. In Berlin begann er dann ein Studium der experimentellen Psychologie, Mathematik und Physik. Das Angebot, an der Universität Graz eine akademische Laufbahn einzuschlagen, schlug er ab: Er hatte sich entschieden, als freier Autor zu leben.

Literatur und exakte Wissenschaft – das mögen auf den ersten Blick kaum miteinander vereinbare Gebiete sein. Für Musil galt dies nicht. Für ihn war es vielmehr höchst verwunderlich, dass man in Fragen der Literatur (aber auch in denen der Moral) wenig Wert auf Genauigkeit legte.

1 Robert Musil, *Tagebücher*, hrsg. von Adolf Frisé, Reinbek bei Hamburg: Rowohlt Verlag, 1983, S. 243.

Auch die Literatur, so Musils Überzeugung, vermittelt Wissen, freilich ein Wissen besonderer Art: Ihr Gebiet war das komplizierte, unendliche Möglichkeiten enthaltende Zusammenspiel von Gefühl und Verstand. In ihm nämlich lag die Besonderheit des jeweiligen Erlebens verborgen, also das, was Musil den ›inneren Menschen‹ nannte. Veränderungen in diesem Bereich, Verschiebungen etwa in der Wertigkeit moralischer Vorstellungen, konnten ebenso zu mystischen Erfahrungen führen wie zum Ehebruch. Solche Veränderungen zu konstruieren, den ›inneren Menschen‹ erfinden und verständlich werden zu lassen, war die eigentliche Aufgabe der Literatur: Hier konnte sie Einsichten liefern, die den notwendig schematisierend verfahrenden Wissenschaften entzogen waren. Um sie allerdings angemessen darzustellen, bedurfte es genauer Beobachtung und sorgfältigster Formulierung. Dieses Bemühen um äußerste Präzision war ein Grund, warum er die Fertigstellung seiner Texte immer wieder hinausschob.

Musil war ein großer Schriftsteller, ganz sicher aber kein »Großschriftsteller«. So nannte er jene Literaten, die ein untrügliches Gespür für das hatten, was allgemein ankommt und niemandem weh tut. Damit war in seinen Augen vor allem Thomas Mann gemeint, den er sicher auch um seinen Erfolg beneidete. Immer wieder finden sich in seinen Tagebüchern Bemerkungen, die den berühmten Kollegen mit Hohn und Spott überziehen.

Manche abschätzige Bemerkung hat Musil allerdings später bereut. Er habe ihm »oft Unrecht getan«[2], schrieb er in sein Tagebuch. Denn es war dieser Thomas Mann, der sich immer wieder für das Werk seines fast vergessenen Kollegen einsetzte und ihn finanziell unterstützte. An einem bedeutsamen Unterschied hielt Musil gleichwohl fest:

> »Th[omas] M[ann] und ähnliche schreiben für die Menschen, die da sind; ich schreibe für Menschen, die nicht da sind!«[3]

Das war natürlich übertrieben, aber dennoch deutet sich in dieser Formulierung ein Anspruch an, der vom ›gewöhnlichen‹ Leser kaum erfüllt werden konnte. Gefordert war ein Leser, der bereit und in der Lage war, sich mit naturwissenschaftlichen Fragen oder der Psychologie ebenso zu beschäftigen wie etwa mit den Schriften Friedrich Nietzsches (1844–1900) oder Sigmund Freuds (1856–1939). So ist es vielleicht nicht verwunderlich, dass Musil nur in seinen frühen Jahren ein großer literarischer Erfolg beschieden war, mit eben jenem 1906 endlich erschienenen Roman *Die Verwirrungen des Zöglings Törleß*, der noch am ehesten den zeitgenössischen Lesegewohnheiten entsprach. Abgesehen von den Erzählungen *Drei Frauen* sind die anderen Werke, etwa

2 ebd., S. 1003.
3 ebd., S. 880.

die Erzählungen *Vereinigungen* (1911), die Dramen *Die Schwärmer* (1921) oder *Vinzenz und die Freundin bedeutender Männer* (1924), wohl nur noch Lesern bekannt, die sich mehr oder weniger beruflich mit der Literatur beschäftigen oder zu ihren ausgesprochenen Liebhabern gehören. Dies gilt auch für den unvollendet gebliebenen Riesenroman *Der Mann ohne Eigenschaften*, dem ein besonderes Schicksal beschieden ist: Er gehört zu denjenigen Texten, die ebenso berühmt wie selten gelesen sind.

Wer sich aber auf die Lektüre eingelassen hat, der wird, um ein letztes Mal den damals ungleich bekannteren Kollegen zu bemühen, Thomas Mann zustimmen, der über diesen Roman schrieb, er sei »ohne jeden Zweifel größte Prosa, die mit dem Vornehmsten rangiert, was unsere Epoche überhaupt zu bieten hat«.[4]

Damit meinte er vorwiegend Musils literarische Fähigkeiten. Doch der war nicht nur Literat, sondern auch – und in seinem Fall gar nicht voneinander zu trennen – einer der scharfsinnigsten Kritiker seiner Zeit. Seine Essays und seine in verschiedenen Zeitschriften veröffentlichten Beiträge beschäftigten sich gleichermaßen mit literarischen Neuerscheinungen, Theateraufführungen und -skandalen, Fragen der Ästhetik und mit zeitgenössischen Moden und Ideologien.

Das bedeutet nicht, dass Musil immer zu wissen

4 Thomas Mann, *Briefe 1937–1947*, hrsg. von Erika Mann, Frankfurt a. M.: S. Fischer 1963, S. 97.

glaubte, was etwas in Wahrheit sei oder wie etwas zu sein hätte. Ganz im Gegenteil. Für ihn war jede Meinung, Überzeugung oder geistige Haltung ein mehr oder weniger zufälliges Produkt ihrer Zeit, etwas, was auch anders hätte sein können. Wenn es Wirklichkeitssinn gibt, dann muss es auch Möglichkeitssinn geben, so heißt es entsprechend im *Der Mann ohne Eigenschaften*, also die Fähigkeit, »alles, was ebenso gut sein könnte, zu denken und das, was ist, nicht wichtiger zu nehmen als das, was nicht ist«.[5] Das entspricht so ziemlich jener anfangs zitierten Idee, »eine Art Satire auf unsere seelischen Verhältnisse durch Darstellung unbegrenzter anderer Möglichkeiten« zu schreiben.

Aus einer solchen Haltung folgt zumindest zweierlei: auf der einen Seite natürlich die Skepsis gegenüber denen, die meinen, Endgültiges feststellen zu dürfen, auf der anderen Seite aber ein immer wieder amüsantes Spiel mit verschiedenen Perspektiven. Ein und dieselbe Sache (wenn es so etwas in diesem Modell denn überhaupt geben kann) kann so, aber auch anders betrachtet, beurteilt und erlebt werden. Dies führt gelegentlich dazu (und auch das macht den intellektuellen Reiz der Musil-Lektüre aus), dass man nicht etwa schlauer ist als zuvor, sondern sich bedrohlich dem Zustand völliger Verwirrung nähert.

Eine Antwort auf die Frage, wie das richtige Leben

5 GW I, S. 16.

aussehen könnte (und das ist die im Roman *Der Mann ohne Eigenschaften* leitende Frage), ist unter diesen Umständen nur schwer zu geben. Alles scheint sich in Perspektiven aufzulösen, ohne dass es irgendeinen festen Grund gäbe. Und genau da liegt das Problem für Musils berühmtesten Helden: für Ulrich, den Mann ohne Eigenschaften, eine Charakterisierung, die dem riesigen unvollendeten Roman seinen Titel gegeben hat.

Dabei trifft sie nur in Grenzen zu. Dieser Ulrich hat durchaus Eigenschaften, er verfügt sogar über eine ganze Reihe herausragender Begabungen, aber er kann mit ihnen nichts anfangen. So beschränkt er sich erst einmal darauf, das zu praktizieren, was eben in großer Allgemeinheit angedeutet wurde: er stellt alles auf den Prüfstand. Musil gibt ihm dafür reichlich Gelegenheit, indem er für ihn im Roman die sogenannte »Parallelaktion« erfindet. Sie verdankt ihren Namen ihrem Anlass. Für das Jahr 1918 (in der Realgeschichte also für das Ende des Ersten Weltkriegs) plant man in Wien eine feierliche Aktion zum 70. Thronjubiläum des Kaisers Franz Joseph I., eine Veranstaltung, die man – so wird vermutet – auf deutscher Seite auch für das 30-jährige Thronjubiläum Kaiser Wilhelms II. beabsichtigt.

Musil lässt seinen Helden nun an den Vorbereitungen der »großen vaterländischen Aktion« (wie die Parallelaktion eigentlich heißt) teilnehmen. Deren Problem besteht vor allem darin, eine zündende Idee zu finden, mit der sich alle Völker des kaiserlich-königlichen österreichisch-ungarischen Reiches (im *Mann ohne Eigenschaften* etwas respektlos ›Kakanien‹ genannt) identifizieren können. So kommt Ulrich in Kontakt mit allen möglichen Personen, nicht nur mit Vertretern unterschiedlichster politischer Richtungen und Interessen, sondern auch mit Repräsentanten von Wirtschaft und Kultur. All das geschieht in einer Zeit, in der nicht nur die Donaumonarchie auf ihr Ende zusteuert, sondern sich auch die ohnehin schon instabil gewordenen sinnversprechenden Weltbilder auflösen.

Das ist natürlich eine bedenkliche Diagnose, auf der anderen Seite gibt es Musil unendliche Möglichkeiten, die intellektuelle Brillanz seines Helden vorzuführen. Denn nun wird natürlich überall nach Lösungen gesucht. Nietzscheanische Vorstellungen vom Übermenschen tauchen da ebenso auf wie der Glaube an die Überlegenheit einer Rasse, an die erlösende Kraft eines christgermanischen Kultes oder die angeborene Güte des Menschen. Dass nichts davon vor den kritischen Augen Ulrichs Bestand hat, versteht sich von selbst. Aber viel faszinierender als seine Argumente ist die Art und Weise, in der er sie vorträgt. Da wird ein solch scharfsinniges Feuerwerk an Sprachwitz und Wortakrobatik veranstaltet, dass sich so manche liebgewordene Vorstellung in Schall und Rauch auflöst.

Tatsächlich hat die Lust und das Vergnügen, die Musils Texte dem Leser bereiten, auch – aber sicher nicht nur – mit jener von der Figur Ulrichs her vertrauten

Haltung des ›Es könnte auch anders sein‹ zu tun. Offenkundig ist es ja auch schon einmal anders gewesen, und so kann man sich – wie Ulrich das tut – einfach einmal vorstellen, der berühmte Gelehrte Thomas von Aquin sei wieder lebendig geworden und stünde mit seinem gesammelten mittelalterlichen Wissen plötzlich vor einer elektrischen Straßenbahn.

Auf diese Weise vorsichtig geworden, kann man sich aber auch fragen, was es denn mit der gegenwärtigen Wissenschaft auf sich habe. Die ist in ihren Ansprüchen zwar insgesamt bescheidener geworden, aber zumindest scheint sie doch manchem problemgeplagten Mitmenschen etwas mehr Klarheit verschaffen zu können.

So lässt der Erzähler z. B. die vermeintliche Präzision der gerade populär werdenden Sexualwissenschaft auf ein zwischen Lust und Konvention hin- und hergerissenes Liebesleben treffen wie das von Ulrichs Kusine Hermine. Die hat unter dem vielversprechenden Namen Diotima[6] einen Salon für die ›gehobenen Kreise‹ eingerichtet. Da wird eben nicht nur kulturell Bedeutsames verhandelt, sondern da kann die vom Eheleben enttäuschte weibliche Seele durchaus auch einmal die »physiologische Minderwertigkeit des Mannes« gegen die damals beliebte These vom »physiologischen Schwachsinn des Weibes« in Stellung bringen. So hilfreich aber

6 Diotima ist eine – wenn auch nur in Sokrates' Erzählung anwesende – Figur aus Platons *Symposion*, einem Dialog, in dem das Geheimnis des Eros erörtert wird.

die Wissenschaft in solchen Fällen auch sein mag: Man muss sich auch gegen sie zur Wehr setzen, will man nicht alles Menschliche auf einmal in kalte Psychologie aufgelöst sehen. Und so zieht man sich auf die Seele zurück, in der das ewig unerklärliche Geheimnis des Menschen, sein Fühlen, zu Hause ist. Eigentlich geht das alles nicht so recht zusammen, der Erzähler zeigt uns jedoch überzeugend, wie es eben doch gelingen kann. Damit wird natürlich auch ein Abstand hergestellt zwischen dem skeptischen Protagonisten und den Figuren, mit denen er zu tun hat. Mit einer Art umgekehrtem Thomas von Aquin haben wir es also zu tun, der gleichsam von einem zukünftigen Standpunkt aus staunend das Treiben der Menschen beobachtet.

Es geht Musil dabei natürlich nicht einfach nur darum, komische Effekte zu erzielen. Und man würde auch ganz fehlgehen, wollte man ihn für eine Art Besserwisser halten, und sei es nur in dem Sinne, dass er gleichsam als Nachfahre des berühmten Dr. Faust immer wieder darauf hinweist, dass wir nichts wissen können.

Das Verfahren, die Dinge aus ungewohnter Perspektive zu sehen, kann nämlich auch zu Einsichten und Erfahrungen führen, die offenbar nicht von jener für Musil typischen Skepsis betroffen sind. Eine Fülle von Beispielen bietet dafür der *Nachlass zu Lebzeiten*, den Musil auf Drängen seiner Freunde 1935 herausgab. Da wird etwa mit großer Akribie der Frage nachgegangen, ob ein Pferd lachen kann. Das ist sicher nicht ganz ernst gemeint, aber es führt doch bei allem Witz dazu, dass das Tier auf einmal in eine merkwürdige Nähe zum Menschen rückt.

Schaut man sich die anderen Tiergeschichten aus dieser Sammlung wie etwa *Das Fliegenpapier* oder *Die Maus* an, dann kann es gar passieren, dass das intellektuelle, also auch distanzierte Vergnügen an Musils schriftstellerischen Fähigkeiten auf einmal umschlägt in eine seltsame Betroffenheit. Dies gilt mehr noch für die Darstellung der Kindheitserinnerungen in der berühmten Erzählung *Die Amsel.* Wenn man verfolgt, wie hier kindliches Erleben im Erleben eines Erwachsenen gespiegelt wird, dann wird vollends offenkundig, dass uns dieser Autor keineswegs nur intellektuell in den Bann ziehen kann, sondern durchweg außerordentliches Vergnügen bereitet.

Robert Musil im Alter von sieben Jahren in Steyr.

I

ZEITENWENDEN – Thomas von Aquin und die Elektrische

[Die eigene Welt]

[Ulrich][1] stellte sich vor, der große Kirchenphilosoph Thomas von Aquino[2], gestorben 1274, nachdem er die Gedanken seiner Zeit unsäglich mühevoll in beste Ordnung gebracht hatte, wäre damit noch gründlicher in die Tiefe gegangen und soeben erst fertig geworden; nun trat er, durch besondere Gnade jung geblieben, mit vielen Folianten unter dem Arm aus seiner rundbogigen Haustür, und eine Elektrische sauste ihm an der Nase vorbei. Das verständnislose Staunen des Doctor universalis[3], wie die Vergangenheit den berühmten Thomas genannt hat, belustigte ihn. Ein Motorradfahrer kam die leere Straße entlang, oarmig, obeinig donnerte er die Perspektive herauf. Sein Gesicht hatte den Ernst eines mit ungeheurer Wichtigkeit brüllenden Kindes. Ulrich erinnerte sich dabei an das Bild einer berühmten Ten-

1 Hauptfigur in Robert Musils Roman *Der Mann ohne Eigenschaften.*

2 Thomas von Aquin (1225–1274); gilt vielen als der bedeutendste Theologe des Mittelalters. Sein berühmtestes Werk ist die zwischen 1266 und 1273 verfasste *Summa theologica.*

3 hier: des allwissenden Doktors.

nisspielerin, das er vor einigen Tagen in einer Zeitschrift gesehen hatte; sie stand auf der Zehenspitze, hatte das Bein bis über das Strumpfband entblößt und schleuderte das andere Bein gegen ihren Kopf, während sie mit dem Schläger hoch ausholte, um einen Ball zu nehmen; dazu machte sie das Gesicht einer englischen Gouvernante. In dem gleichen Heft war eine Schwimmerin abgebildet, wie sie sich nach dem Wettkampf massieren ließ; zu Füßen und zu Häupten stand ihr je eine ernst zusehende Frauensperson in Straßenkleidung, während sie nackt auf einem Bett am Rücken lag, ein Knie in einer Stellung der Hingabe hochgezogen, und der Masseur daneben hatte die Hände darauf ruhen, trug einen Ärztekittel und blickte aus der Aufnahme heraus, als wäre dieses Frauenfleisch enthäutet und hinge auf einem Haken. Solche Dinge begann man damals zu sehen, und irgendwie muss man sie anerkennen, so wie man die Hochbauten anerkennt und die Elektrizität. »Man kann seiner eignen Zeit nicht böse sein, ohne selbst Schaden zu nehmen«, fühlte Ulrich.

[Wandel]

Es kam Ulrich vor, dass er beim Beginn der Mannesjahre in ein allgemeines Abflauen geraten war, das trotz gelegentlicher, rasch sich beruhigender Wirbel zu einem immer lustloseren, wirren Pulsschlag verrann. Es ließ

Die Tennisspielerin Suzanne Lenglen in der von Ulrich bewunderten Haltung bei einem Turnier in Wien 1925.

sich kaum sagen, worin diese Veränderung bestand. Gab es mit einem Mal weniger bedeutende Männer? Keineswegs! Und überdies, es kommt auf sie gar nicht an; die Höhe einer Zeit hängt nicht von ihnen ab, zum Beispiel hat weder die Ungeistigkeit der Menschen der Sechziger- und Achtzigerjahre[4] das Werden Hebbels und Nietzsches zu unterdrücken vermocht, noch einer von diesen die Ungeistigkeit seiner Zeitgenossen. Stockte das allgemeine Leben? Nein; es war mächtiger geworden! Gab es mehr lähmende Widersprüche als früher? Es konnte kaum mehr davon geben! Waren früher keine Verkehrtheiten begangen worden? In Mengen! […] Was ist also abhandengekommen?

Etwas Unwägbares. Ein Vorzeichen. Eine Illusion. Wie wenn ein Magnet die Eisenspäne loslässt und sie wieder durcheinandergeraten. Wie wenn Fäden aus einem Knäuel herausfallen. Wie wenn ein Zug sich gelockert hat. Wie wenn ein Orchester falsch zu spielen anfängt. Es hätten sich schlechterdings keine Einzelheiten nachweisen lassen, die nicht früher möglich gewesen wären, aber alle Verhältnisse hatten sich ein wenig verschoben. Vorstellungen, deren Geltung früher mager gewesen war, wurden dick. Personen ernteten Ruhm, die man früher nicht für voll genommen hätte. Schroffes milderte sich, Getrenntes lief wieder zusammen, Unabhängige zollten dem Beifall Zugeständnisse, der schon

4 des 19. Jahrhunderts.

gebildete Geschmack erlitt von neuem Unsicherheiten. Die scharfen Grenzen hatten sich allenthalben verwischt, und irgendeine neue, nicht zu beschreibende Fähigkeit, sich zu versippen, hob neue Menschen und Vorstellungen empor. [...] Man kann auch nicht sagen, wie alles so geworden ist. Man kann weder gegen Personen noch gegen Ideen oder bestimmte Erscheinungen kämpfen. Es fehlt nicht an Begabung noch an gutem Willen, ja nicht einmal an Charakteren. Es fehlt bloß ebenso gut an allem wie an nichts; es ist, als ob sich das Blut oder die Luft verändert hätte, eine geheimnisvolle Krankheit hat den kleinen Ansatz zu Genialem der früheren Zeit verzehrt, aber alles funkelt von Neuheit, und zum Schluss weiß man nicht mehr, ob wirklich die Welt schlechter geworden sei oder man selbst bloß älter. Dann ist endgültig eine neue Zeit gekommen.

[Größe und Maschinen]

In Goethes Welt ist das Klappern der Webstühle noch eine Störung gewesen, in der Zeit Ulrichs begann man das Lied der Maschinensäle, Niethämmer und Fabriksirenen schon zu entdecken. Man darf freilich nicht glauben, die Menschen hätten bald bemerkt, dass ein Wolkenkratzer größer sei als ein Mann zu Pferd; im Gegenteil, noch heute, wenn sie etwas Besonderes von sich hermachen wollen, setzen sie sich nicht auf den Wolkenkratzer, sondern aufs hohe Ross, sind geschwind wie der Wind und scharfsichtig, nicht wie ein Riesenrefraktor, sondern wie ein Adler. Ihr Gefühl hat noch nicht gelernt, sich ihres Verstandes zu bedienen, und zwischen diesen beiden liegt ein Unterschied der Entwicklung, der fast so groß ist wie der zwischen dem Blinddarm und der Großhirnrinde. Es bedeutet also kein gar kleines Glück, wenn man darauf kommt, wie es Ulrich schon nach Abbruch seiner Flegeljahre geschah, dass der Mensch in allem, was ihm für das Höhere gilt, sich weit altmodischer benimmt, als es seine Maschinen sind.

[Gegen das Alte]

[Man kennt] aus allerlei Gründen von keiner gewesenen Zeit so wenig wie von solchen drei bis fünf Jahrzehnten, die zwischen dem eigenen zwanzigsten Jahr und dem zwanzigsten Lebensjahr der Väter liegen. Es kann deshalb nützen, sich auch daran erinnern zu lassen, dass in schlechten Zeiten die schrecklichsten Häuser und Gedichte nach genau ebenso schönen Grundsätzen gemacht werden wie in den besten; dass alle Leute, die daran beteiligt sind, die Erfolge eines vorangegangenen guten Abschnitts zu zerstören, das Gefühl haben, sie zu verbessern; und dass sich die blutlosen jungen Leute einer solchen Zeit auf ihr junges Blut genau so viel einbilden wie die neuen Leute in allen anderen Zeiten. [...] Aus dem ölglatten Geist der zwei letzten Jahrzehnte des neunzehnten Jahrhunderts hatte sich plötzlich in ganz Europa ein beflügelndes Fieber erhoben. Niemand wusste genau, was im Werden war; niemand vermochte zu sagen, ob es eine neue Kunst, ein neuer Mensch, eine neue Moral oder vielleicht eine Umschichtung der Gesellschaft sein solle. Darum sagte jeder davon, was ihm passte. Aber überall standen Menschen auf, um gegen das Alte zu kämpfen. Allenthalben war plötzlich der rechte Mann zur Stelle; und was so wichtig ist, Männer mit praktischer Unternehmungslust fanden sich mit den geistig Unternehmungslustigen zusammen. Es entwickelten sich Begabungen, die früher erstickt worden waren oder am öffentlichen Leben gar nicht teilgenommen hatten. Sie waren so verschieden wie nur möglich, und die Gegensätze ihrer Ziele waren unübertrefflich. Es wurde der Übermensch geliebt, und es wurde der Untermensch geliebt; es wurden die Gesundheit und die Sonne angebetet, und es wurde die Zärtlichkeit brustkranker[5] Mädchen angebetet; man begeisterte sich für das Heldenglaubensbekenntnis und für das soziale Allemannsglaubensbekenntnis; man war gläubig und skeptisch, naturalistisch und preziös, robust und morbid; man träumte von alten Schlossalleen, herbstlichen Gärten, gläsernen Weihern, Edelsteinen, Haschisch, Krankheit, Dämonen, aber auch von Prärien, gewaltigen Horizonten, von Schmiede- und

5 an Tuberkulose erkrankter.

Walzwerken, nackten Kämpfern, Aufständen der Arbeitssklaven, menschlichen Urpaaren und Zertrümmerung der Gesellschaft. Dies waren freilich Widersprüche und höchst verschiedene Schlachtrufe, aber sie hatten einen gemeinsamen Atem; würde man jene Zeit zerlegt haben, so würde ein Unsinn herausgekommen sein wie ein eckiger Kreis, der aus hölzernem Eisen bestehen will, aber in Wirklichkeit war alles zu einem schimmernden Sinn verschmolzen. Diese Illusion, die ihre Verkörperung in dem magischen Datum der Jahrhundertwende[6] fand, war so stark, dass sich die einen begeistert auf das neue, noch unbenützte Jahrhundert stürzten, indes die anderen sich noch schnell im alten wie in einem Hause gehenließen, aus dem man ohnehin auszieht, ohne dass sie diese beiden Verhaltungsweisen als sehr unterschiedlich gefühlt hätten.

[Alte Photographien]

[Ulrich] blätterte in den dicken, alten Alben mit Lichtbildern seiner Familie, die irgendwie zu Diotima[7] gekommen waren, und je näher er den Anfängen dieser neuen Bildkunst zu blätterte, desto stolzer, kam ihm vor,

6 1900.
7 Eine Figur im *Mann ohne Eigenschaften*, benannt nach einer Figur aus Platons Dialog *Symposion.* Sokrates berichtet dort, er sei von ihr über das Wesen des Eros unterrichtet worden.

tten sich die Menschen ihr dargeboten. Sie setzten, wie man sah, den Fuß auf Felsblöcke aus Karton, die von Efeu aus Papier umsponnen waren; wenn sie Offiziere waren, stellten sie die Beine auseinander und den Säbel dazwischen; wenn sie Mädchen waren, legten sie die Hände in den Schoß und öffneten weit die Augen; wenn sie freie Männer waren, stiegen ihre Hosen in kühner Romantik, ohne Bügelfalte, gleichsam wie gekräuselter Rauch von der Erde auf, und ihre Röcke hatten einen runden Schwung, etwas Stürmisches, das die steife Würde des bürgerlichen Gehrocks verdrängt hatte. Das mag so zwischen achtzehnhundertsechzig und -siebzig gewesen sein, nachdem die Anfänge des Verfahrens überwunden waren. Die Revolution der Vierzigerjahre lag als wüste Zeit längst zurück, und es gab neue Lebensinhalte, man weiß heute nicht mehr recht, welche; auch die Tränen, Umarmungen und Geständnisse, in denen das neue Bürgertum zu Beginn seiner Zeit seine Seele[8] gesucht hatte, gab es nicht mehr; aber wie eine Welle auf Sand ausläuft, war dieser Edelmut nun bei den Kleidern angelangt und einer gewissen privaten Schwunghaftigkeit, wofür es wohl ein besseres Wort geben mag, von dem aber vorläufig nur die Photographien da sind. Das war die Zeit, wo die Photographen Samtjoppen[9] und Knebelbärte trugen und wie die Maler aussahen, und die Maler große Kartons entwarfen, auf denen sie kompagnieweise mit bedeutsamen

8 Die Epoche wird »Empfindsamkeit« genannt.
9 samtene Jacken bzw. Kutten.

Figuren exerzierten; und den Privatmenschen schien es zu dieser Zeit gerade an der Zeit zu sein, dass auch für sie ein Verewigungsverfahren erfunden wurde. Es bleibt nur noch hinzuzufügen, dass sich nicht leicht Menschen einer anderen Zeit so genialisch und großartig gefühlt haben wie gerade die Menschen dieser Zeit, unter denen es so wenig ungewöhnliche Menschen gab – oder es gelang ihnen so selten, zwischen den anderen hochzukommen – wie noch nie.

[Ende des Zeitalters]

[»Die neue Zeit«] ist [...] ein Wort wie ein Sack, in dem man die Winde des Aeolus fangen möchte; dieses Wort ist die beständige Entschuldigung dafür, die Dinge nicht in Ordnung zu bringen, das heißt, nicht in ihre eigene, eine sachliche Ordnung, sondern in den eingebildeten Zusammenhang eines Undings. Und doch liegt ein Bekenntnis darin. Die Überzeugung, dass sie die Aufgabe hätten, Ordnung in die Welt zu tragen, lebte in der sonderbarsten Weise in diesen Menschen. Wenn man das, was sie zu diesem Zweck unternahmen, Halbklugheit nennen wollte, so wäre bemerkenswert, dass gerade die andere, ungenannte, oder, um sie zu nennen, die dumme, niemals genaue und richtige Hälfte dieses Halbklugseins eine unerschöpfliche Erneuerungskraft und Fruchtbarkeit besaß. Es war Leben in ihr, Wandelbarkeit, Ruhelosigkeit, Standpunktwechsel. Aber sie spürten wohl selbst, wie das war. Es rüttelte an ihnen, es blies durch ihren Kopf, sie gehörten einem nervösen Zeitalter an, und es stimmte etwas nicht, jeder hielt sich für klug, aber alle zusammen fühlten sich unfruchtbar. Hatten sie noch dazu Talent – und ihre Ungenauigkeit schloss das ja keineswegs aus – so war es in ihrem Kopf, als ob man das Wetter und die Wolken, die Eisenbahnen, Telegraphendrähte, Bäume und Tiere und das ganze bewegte Bild unserer lieben Welt durch ein schmales, verkrustetes Fenster sähe; und keiner merkte es so leicht an seinem eigenen, aber jeder am Fenster des andren.

[Fortschritt – der Sieg des Neuen?]

»Ich denke«, sagte Ulrich, »jeder Fortschritt ist zugleich ein Rückschritt. Es gibt Fortschritt immer nur in einem bestimmten Sinn. Und da unser Leben im Ganzen keinen Sinn hat, hat es im Ganzen auch keinen Fortschritt.«

Leo Fischel[10] ließ die Zeitung sinken: »Halten Sie es für besser, in sechs Tagen über den Atlantik zu fahren oder sechs Wochen dazu zu brauchen?!«

»Ich würde wahrscheinlich sagen, es sei unbedingt ein Fortschritt, beides zu können. [...] Aber man kann auch das Umgekehrte sagen: Wenn unser Leben Fortschritte

10 Figur aus dem *Mann ohne Eigenschaften*: Fischel ist Direktor bei der Lloyd-Bank.

im Einzelnen hat, hat es Sinn im Einzelnen. Wenn es aber einmal einen Sinn gehabt hat, zum Beispiel den Göttern Menschen zu opfern oder Hexen zu verbrennen oder das Haar zu pudern, dann bleibt das doch ein sinnvolles Lebensgefühl, auch wenn hygienischere Sitten und Humanität Fortschritte sind. Der Fehler ist, dass der Fortschritt immer mit dem alten Sinn aufräumen will.«

»Sie wollen vielleicht sagen«, fragte Fischel, »dass wir wieder zu den Menschenopfern zurückkehren sollen, nachdem wir ihre verabscheuenswürdige Finsternis glücklich überwunden haben?!«

»Finsternis ist gar nicht so sicher zu behaupten!«, antwortete Hans Sepp[11] an Ulrichs Stelle. »Wenn Sie einen unschuldigen Hasen verschlingen, ist das finster; wenn aber ein Kannibale unter religiösen Zeremonien ehrfürchtig einen Stammesfremden verspeist, wissen wir einfach nicht, was in ihm vorgeht!«

»Es muss wirklich an überwundenen Zeiten etwas daran gewesen sein«, schloss sich ihm Ulrich an, »sonst wären doch nicht so viele nette Menschen einst mit ihnen einverstanden gewesen. Vielleicht ließe sich das für uns ausnützen, ohne große Opfer zu bringen? Und vielleicht opfern wir heute gerade deshalb noch viele Menschen, weil wir uns die Frage der richtigen Überwin-

11 Figur aus dem *Mann ohne Eigenschaften*: Sepp ist Anführer einer Gruppe von deutschnationalen, rassistisch gesinnten jungen Männern.

dung früherer Menschheitseinfälle nie deutlich gestellt haben!? Es sind das schwer auszudrückende und undurchsichtige Beziehungen.«

Als Papa Tennis lernte

Als Papa Tennis lernte, reichte das Kleid Mamas bis zu den Fußknöcheln. Es bestand aus einem Glockenrock, einem Gürtel und einer Bluse, die einen hohen, engen Umlegekragen hatte als Zeichen einer Gesinnung, die bereits anfing, sich von den Fesseln zu befreien, die dem Weibe auferlegt sind. Denn auch Papa trug an seinem Tennishemd einen solchen Kragen, der ihn am Atmen hinderte.[12] An den Füßen schleppten beide nicht selten hohe braune Lederschuhe mit zolldicken Gummisohlen, und ob Mama außerdem noch ein Korsett zu tragen hätte, das bis an die Achselhöhlen reichte, oder sich mit einem kürzeren begnügen dürfte, war damals eine umstrittene Frage. Damals war Tennis noch ein Abenteuer, von dem sich die verzärtelte heutige Generation keine Vorstellung mehr machen kann. O, rührende Frühzeit, als man noch nicht wusste, dass auf kontinentalen Tennisplätzen kein Gras gedeiht! Man behandelte es vergeblich mit der Sorgfalt eines Friseurs, der an einem an Haarausfall leidenden Kunden alle seine Mittel versucht. Aber

12 der sogenannte »Vatermörder«-Kragen.

man konnte auf solchen Grasplätzen bei Turnieren unerwartete Erfolge erzielen, wenn der Ball zufällig auf einen Maulwurfshügel fiel oder der Gegner über ein Grasbüschel.

Leider hat man diese romantischen Tenniswiesen bald aufgegeben und den modernen Hartplatz geschaffen, wodurch ein ernster Zug in den Sport kam. Die Figuren verschwanden, die man anfangs hatte sehen können, wie sie, scharf visierend, mit turnerischer Geschicklichkeit das Racket[13] einem Flugball entgegenstießen, und es bildeten sich überraschend schnell die Schläge aus, die heute noch gebraucht werden, mit ganz wenigen Ausnahmen, die erst später dazugekommen sind. Auch die Listen des Spiels waren bald beisammen und fertig; nur nannte man sie damals noch nicht Taktik und Strategie, wahrscheinlich, weil man vor Leutnants und geistigen Leistungen zu großen Respekt hatte. Das war aber viel zu bescheiden: Man wundert sich zuweilen über das Genie der Urmenschen, wenn man bedenkt, dass sie gleichsam aus dem Nichts heraus das Feuer, das Rad, den Keil, den Einbaum erfunden haben, und solche Urgenies der Tennisschläge sind wir gewesen, eure Eltern, liebe Kinder, wenn ich auch offen zugeben muss, dass man selbst nichts davon hat und es erst im Spiegel der Geschichte bemerkt. Der Zeitgeist schafft sich eben seine Werkzeuge. [...]

Um noch einen Augenblick beim Tennis zu bleiben:

13 engl. für Tennisschläger.

man konnte noch vor zehn oder weniger Jahren in diesem Sport gewisse Spuren der ursprünglichen Moral beobachten. Wenn man von einer anderen Sportstätte auf einen Tennisgrund kam, so war das, sofern man einen empfänglichen Blick für Kleidung hatte, nicht anders, als ob man von einem hellen, offenen Platz in einen hochstämmigen Wald träte. Hier reichten die Röcke noch bis zur halben Wade und die Taille bis zu den Handgelenken, als sich der Dress anderswo längst schon auf die Größe eines Bogens Briefpapier, wenn nicht gar einer Eintrittskarte zusammengezogen hatte; ja, was die Herren angeht, so stecken sie bekanntlich heute noch in weißen Futteralen, und nur die Damen verlieren von den Armen und Beinen aus zusehends ihre Kleidung. Dieser konservative Grundzug des Tennis hängt wahrscheinlich damit zusammen, dass es lange Zeit ein Sport der »Gesellschaft« gewesen ist, die es zum Vergnügen spielte und die Nacktheit nicht für einen neuen Geist hielt, sondern für ein Geheimnis des Garderobeschranks, das man nur selten tragen darf, weil es immer das gleiche bleibt.

Geschwindigkeit ist eine Hexerei

Es ist immer gut, wenn man die Worte so gebraucht, wie man soll, nämlich, ohne sich etwas dabei zu denken. Man geht dann bequem über zehn Sätze hinweg, ehe wieder ein Wort auftaucht, auf das es ankommt. Das ist zweifellos ein großzügiger Stil, der etwas von Eilverkehr auf große Entfernungen an sich hat, und es scheint, dass die geistigen Aufgaben des Tages nur noch mit seiner Hilfe bewältigt werden können. Passt man aber kleinlich auf, so stolpert man flugs in ein Sprachloch. Die Sprache wandelt nicht mehr dahin wie zur Zeit der Altvorderen.

Da wäre zum Beispiel das Wort »Hals über Kopf«; welch ein wichtiges und oft gebrauchtes Wort in einer Zeit, wo es so auf das Tempo ankommt! Wie viele Menschen bedienen sich in ihrer Eile dieses Wortes, ohne zu ahnen, welche Schwierigkeiten es der Eile bereitet. Denn Hals über Kopf irgendwohin stürzen, heißt eine so wilde Beschleunigung entwickeln, dass sich der Körper über den Hals, der Hals über den Kopf zu schieben scheint; die Eile fasst beim Hosenboden an, das Gesetz der Trägheit drückt beim Kopf zurück, und der Mensch wird aus dem Menschen gerissen, wie der Hase aus dem Balg.[14] Aber wann hat man denn je solche rasende Eile gehabt? Gott ja, als Kind, wenn man mit wackligen Beinen lief. Als Knabe, wenn man auf dem Rad eine abschüssige Straße hinabfuhr. Vielleicht als Reiter, wenn man nicht recht wusste, wie es enden werde. Bei schäbigen fünfzehn bis dreißig Stundenkilometern Geschwindigkeit! Wenn ein Auto oder ein Eisenbahnzug so Hals über Kopf fahren wollten, würden sie kriechen!

14 aus seinem Fell beim Fellabziehen bzw. während der Schlachtung.

Hals über Kopf drückt also gar keine Geschwindigkeit aus, sondern ein Verhältnis zwischen Schnelligkeit und Gefahr des Beförderungsmittels oder zwischen Schnelligkeit und der Aufregung höchster Anstrengung. Die Fetzen müssen fliegen, der Schaum aus den Augen treten und die Flanken den Krampf haben. Aber dann kann auch eine Schnecke Hals über Kopf dahinstürzen, in einem ganz und gar forcierten Schneckentempo, unbesonnen, gefährdet. Nebeneindrücke sind wieder einmal das Bestimmende. Bekanntlich rast ein kleines Auto schneller als ein großer Wagen, und ein Eisenbahnzug rast desto mehr, je ausgefahrener die Schienen sind. Auch das Dahintoben ist Gewohnheitssache. Es gibt Nachbarn, welche dabei meinen, dass sie rücksichtsvoll wie auf geseiften Bohlen[15] durchs Leben gleiten.

Man sieht sich unwillkürlich in der Sprache um nach gediegeneren Ausdrücken. Wie wäre es zum Beispiel, wenn man sagte: »Hals über Kopf stieß er ihr den Dolch ins Herz«? Das bringt selbst der wildeste Romanschreiber nicht über die Lippen seiner Feder. Er weiß nicht, warum. Aber er lässt den Dolch schnell wie den Blitz zustoßen. Rasch wie ein Gedanke wäre schon nicht die richtige Geschwindigkeit dafür. Dagegen ist ein Liebender schnell wie ein Gedanke bei der Geliebten und niemals rasch wie der Blitz. Das sind Geheimnisse. [...]

15 Brettern.

Man sieht, das sind Schwierigkeiten. Das Böseste ist aber, dass das moderne Leben voll von neuen Geschwindigkeiten ist, für die wir keine Ausdrücke haben. Geschwindigkeiten sind merkwürdigerweise das Konservativste, was es gibt. Trotz Eisenbahn, Flugzeug, Automobil, Tourenzahl, Zeitlupe sind ihre äußersten Grenzen heute noch die gleichen wie in der Steinzeit; schneller als der Gedanke oder der Blitz und langsamer als eine Schnecke ist in der Sprache nichts geworden. Das ist eine verteufelte Lage für ein Zeitalter, das keine Zeit hat und sich bestimmt glaubt, der Welt eine neue Geschwindigkeit zu geben; die Schnelligkeitsäpfel hängen ihm in den Mund, und es gelingt ihm nicht, den Mund zu öffnen.[16]

Aber vielleicht wird die Zukunft ganz anders sein. Klassische erlebte Geschwindigkeiten gibt es ja schon heute nur noch dort, wo man sie am wenigsten erwarten

16 Anspielung auf die griechische Sage von Tantalos in der Odyssee im 11. Gesang (hier in der vossschen Übersetzung): »Auch den Tantalos sah ich, mit schweren Qualen belastet. / Mitten im Teiche stand er, den Kinn von der Welle bespület, / Lechzte hinab vor Durst, und konnte zum Trinken nicht kommen. / Denn so oft sich der Greis hinbückte, die Zunge zu kühlen; / Schwand das versiegende Wasser hinweg, und rings um die Füße / Zeigte sich schwarzer Sand, getrocknet vom feindlichen Dämon. / Fruchtbare Bäume neigten um seine Scheitel die Zweige, / Voll balsamischer Birnen, Granaten und grüner Oliven, / Oder voll süßer Feigen und rötlichgesprenkelter Äpfel. / Aber sobald sich der Greis aufreckte, der Früchte zu pflücken; / Wirbelte plötzlich der Sturm sie empor zu den schattigen Wolken.«

würde, bei den Bauern auf dem Land. Dort fährt noch der Blitz durch die Luft, das vorbeifahrende Auto rast durch die Hühner, und es gibt Wege, wo man vor Eile auf die Nase fallen kann. In der Stadt ist die einzige Geschwindigkeit, die man eigentlich noch spürt, die des zu erreichenden Anschlusses, die Hast des Umsteigens und die Unsicherheit des rechtzeitigen Weiterkommens. Ohne den Segen der Neurasthenie[17] würde man auch die schon verloren haben, denn schlimmstenfalls opfert der Eilige, statt dass er keucht und Dampf schwitzt, Mark Eins-fünfzig für ein Auto, das alles dies sofort für ihn besorgt. Und je höher man im Reich der Kräfte hinaufsteigt, desto ruhiger geht es zu. Eine Turbinenanlage von fünfzigtausend Pferdestärken surrt fast lautlos, und die ungeheuerlichsten Geschwindigkeiten der Technik sind nur noch ein stilles Schaukeln. Das Leben wird desto unpathetischer und sachlicher, je gigantischer es wird. Ein Boxkampf zwischen zwei Meistern enthält weit weniger Alarm als eine Straßenprügelei zwischen zwei Laien, und ein Gaskampf ist lange nicht so dramatisch wie eine Messerstecherei. Die großen neuen Intensitäten haben vollends für das Gefühl etwas Unfassbares, wie Strahlen, für die noch kein Auge da ist. Es wird aber sehr lange dauern, ehe die Menschen statt Eilzug wirklich Ruhezug sagen und das Wort Hals über Kopf nur noch gebrauchen, wenn sie etwa den Abend-

17 Nervenschwäche.

frieden beschreiben und ausdrücken wollen, dass sich weit und breit nichts rührt und die ungewohnte Ruhe von allen Seiten über sie hinstürzt wie ein Meer.

[Die eigentliche Gestalt sichtbar machen]

Kleider, aus dem Fluidum der Gegenwart herausgehoben und in ihrem ungeheuerlichen Dasein auf einer menschlichen Gestalt als Form an sich betrachtet, sind seltsame Röhren und Wucherungen, würdig der Gesellschaft eines Nasenpfeils und durch die Lippen gezogenen Rings; aber wie hinreißend werden sie, wenn man sie samt den Eigenschaften sieht, die sie ihrem Besitzer leihen! Dann geschieht nicht weniger, als wenn in einen krausen Linienzug auf einem Stück Papier der Sinn eines großen Worts hineinfährt. Man stelle sich vor, die unsichtbare Güte und Auserlesenheit eines Menschen tauche plötzlich als ein dottrig goldener, vollmondgroß schwebender Heiligenschein hinter seinem Scheitelwirbel auf, wie es auf frommen, alten Bildern zu sehen ist, während er am Korso spazieren geht oder bei einem Tee soeben Sandwiches auf seinen Teller legt: es wäre ohne Zweifel eines der ungeheuersten und erschütterndsten Erlebnisse; und solche Kraft, das Unsichtbare, ja sogar das gar nicht Vorhandene sichtbar zu machen, beweist ein gut gemachtes Kleidungsstück alle Tage!

[Masse]

Es ist die Auflösung durch die unübersehbare Zahl, was den kulturellen Grundunterschied [unserer Zeit] gegen jede andere Zeit bildet, das Alleinsein und Anonymwerden des Einzelnen in einer immer wachsenden Menge, welches eine neue geistige Verfassung mit sich bringt, deren Konsequenzen noch unberechenbar bleiben. Man kann als deutlichstes Beispiel heute schon unser bisschen ernster Kunst betrachten, deren Unfähigkeit, zugleich gut und vielen gefällig zu sein, tatsächlich eine Erstmaligkeit bedeutet und, weit über die Art des ästhetischen Streits hinaus, wahrscheinlich den Beginn einer neuen Funktion.

Die reale Voraussetzung dieser Kultur bildet aber das Bürgertum. Denn seine Eigenschaft ist es, keine Familien zu erzeugen, die nicht rasch wieder zerfallen, keine Tradition, erblichen Ideale und feste Sittlichkeit, solche Dinge, die als Gehschule nützlich sind, aber Laufende hindern. Es hat die Mission, wegen seiner Geschäfte sich nicht selbst um die Kultur zu kümmern, sondern Pauschalsummen dafür auszuwerfen. Es erzeugt keine faszinierenden Menschen, Prototypen, und also auch nicht die immer von ihnen ausgegangene Versuchung, dass ein Idealtyp aus dem engeren und stets gestrigen Bereich des menschlich Wirklichen, statt – mit schrankenloser Phantasie – aus dem der menschlichen Möglichkeiten gebildet werde. Es lässt den Schöpfer außerhalb seiner Leistung einen Unbekannten, der – mehr Gedanke und Gefühl als Mensch – in einem Ideenlaboratorium Seelenformen schafft, ohne wie ein offizieller Fabrikant für deren allgemeine Gebrauchsfähigkeit im gleichen Augenblick schon garantieren zu müssen. Und selbst das Unverständnis, mit dem es seinen Gebildeten begegnet, gerät ihnen zum Vorteil, denn die Urteilslosigkeit von heute ist die Vorurteilslosigkeit von morgen.

Dieses Bürgertum gibt es in Österreich nicht; man wird noch immer vom Schicksal nur auf eine persönliche Empfehlung hin zum Österreicher geschaffen und es bleibt schwer, dem Unehre zu machen. Darum schätzt man die Katastrophen, weil sie die Verantwortung auf sich selbst nehmen, und braucht das Unglück, weil es heftige Gestikulationen erzeugt, hinter denen jeder Mensch erlischt und konventionell wird. Man lebt sein politisches Leben wie ein serbisches Heldenepos, weil das Heldentum die unpersönlichste Form des Handelns ist. Die kleine Jeanne aus Domrémy war eine Kuhmagd in Männerhosen, der Büßer hat infolge der Askese Ungeziefer, der Held ist in der Aktion, im Erlebnis seiner Heldenhaftigkeit, eingeengt wie ein Tier; seine Kleider kleben von Blut, Schweiß, Staub wie Bretter, er kann nicht baden, sie scheuern ihn wund, sie hängen steif um ihn, der wie ein wahnsinniger Kern in seiner Hülse klappert; sein Gesichtsfeld ist eingeengt bis auf die fovea centralis[18],

18 Einbuchtung im sogenannten gelben Fleck, die Stelle, an der der Mensch am schärfsten sieht.

seine Blicke stechen sich an den Gegenständen fest. Not und Held gehören zusammen wie Krankheit und Fieber. Jede Gewaltleistung hat darum etwas Pathologisches an sich, ein eingeschränktes Bewusstsein, einen letzten, progressiven, wirbelhaften Anstieg. Der politische Held in Österreich aber ist die ausgebildete Technik der Bewusstseinseinschränkung auch ohne Anstieg. Eine üble, in häufiger Krankheit erworbene Unart, die man mit Recht nicht ganz ernst nimmt, aber so lange nicht ablegen wird, als den ganzen Bewusstseinsumfang beanspruchende Inhalte fehlen.

[Aus dem 1922 erschienenen Essay:
Das hilflose Europa
oder Reise vom Hundertsten
ins Tausendste]

[…] Zweifellos machen wir seit zehn Jahren Weltgeschichte im grellsten Stil und können es doch eigentlich nicht wahrnehmen. Wir sind nicht eigentlich geändert worden; ein bisschen Überhebung vordem; ein bisschen Katzenjammer nachdem; wir waren früher betriebsame Bürger, sind dann Mörder, Totschläger, Diebe, Brandstifter und Ähnliches geworden: und haben doch eigentlich nichts erlebt. Oder ist es nicht so? Das Leben geht doch genauso dahin wie früher, bloß etwas geschwächter und mit etwas Krankenvorsicht; der Krieg wirkte mehr karnevalisch als dionysisch[19], und die Revolution hat sich parlamentarisiert. Wir waren also vielerlei und haben uns dabei nicht geändert, wir haben viel gesehen und nichts wahrgenommen.

Darauf gibt es, glaube ich, nur eine Antwort: Wir besaßen nicht die Begriffe, um das Erlebte in uns hineinzuziehn. Oder auch nicht die Gefühle, deren Magnetismus sie dazu aktiviert. Zurückgeblieben ist nur eine sehr erstaunte Unruhe, ein Zustand, als hätten sich vom Erlebnis her Nervenbahnen zu bilden begonnen und wären vorzeitig abgerissen worden.

Eine Unruhe. Deutschland wimmelt von Sekten. Man blickt nach Russland, nach Ostasien, nach Indien. Man klagt die Wirtschaft an, die Zivilisation, den Rationalismus, den Nationalismus, man sieht einen Untergang, ein Nachlassen der Rasse. Alle Wölbungen sind vom Krieg eingedrückt worden. Selbst der Expressionismus stirbt. Und das Kino ist am Vormarsch (Rom vor dem Untergang).

In Frankreich, in England, in Italien – soweit man es als Nichtspezialist bei unsrem sehr schlechten Nachrichtendienst beurteilen kann – scheint die Unsicherheit nicht geringer zu sein, mögen auch die Einzelerscheinungen abweichen. [...]

So sieht also Weltgeschichte in der Nähe aus; man sieht nichts.

19 hier: im Nietzsche'schen Sinne rauschhaft.

Freilich wird man einwenden, man sei zu nah. Das ist aber ein Gleichnis. Hergenommen vom Gesichtssinn; man kann zu nah an einem Ding sein, um es überblicken zu können. Kann man aber zu nah an einer Erkenntnis sein, um sie fassen zu können? Das Gleichnis stimmt nicht. Wir wüssten genug, um uns ein Urteil über Gegenwärtiges und Jüngstvergangenes zu bilden, wir wissen jedenfalls mehr, als spätere Zeiten wissen werden. Eine andre Wurzel des Gleichnisses heißt, noch zu beteiligt sein. Aber wir waren ja gar nicht beteiligt?

Die berühmte historische Distanz besteht darin, dass von hundert Tatsachen fünfundneunzig verlorengegangen sind, weshalb sich die verbliebenen ordnen lassen, wie man will. Darin aber, dass man diese fünf nun ansieht wie eine Mode von vor zwanzig Jahren oder ein lebhaftes Gespräch zwischen Menschen, die man nicht hört, bekundet sich die Objektivität. Man erschrickt über die Groteskheit menschlicher Handlungen, sobald sie nur ein wenig ausgetrocknet sind, und sucht sie aus allen Umständen zu erklären, die man nicht selbst ist, das ist aus den historischen.

Historisch ist das, was man selbst nicht tun würde; der Gegensatz dazu ist das Lebendige. Wenn unsre Zeit eine »Epoche« wäre, so dürfte man wohl fragen, ob wir uns am Anfang, am Ende oder in der Mitte befinden? Wenn es einen gotischen Menschen mit einer Vor-, Früh-, Hoch- und Spätzeit gegeben hat: in welcher Lage zu seinem Zenit befindet sich der moderne? Wenn es eine deutsche oder eine weiße Rasse gibt: in welcher biologischen Phase? Soll solcher Auf- und Niedergang nicht nur eine nachträgliche und recht billige Feststellung sein, so müsste man ein symptomatologisches Bild davon haben, wie solche Auf- und Niedergänge im Allgemeinen aussehn. Das wäre eine andre Objektivität, aber daran fehlt es noch weit. Und vielleicht sind die lebendigen historischen Tatsachen gar nicht eindeutig, sondern erst die toten? Am Ende ist die lebendige Geschichte gar keine Geschichte, nämlich nichts, das sich mit den historischen Vulgärkategorien einfangen ließe?

Es ist da nämlich ein merkwürdiges Gefühl von Zufall mitbeteiligt.

Robert Musil im Alter von 21 Jahren.

II

GEIST, MORAL UND ANDERE UNSAUBERKEITEN – Über den Zusammenhang von Moral und Waschzwang

[Der menschliche Geist]

Der Vergleich der Welt mit einem Laboratorium hatte in ihm [Ulrich] nun eine alte Vorstellung wiedererweckt. So wie eine große Versuchsstätte, wo die besten Arten, Mensch zu sein, durchgeprobt und neue entdeckt werden müssten, hatte er sich früher oft das Leben gedacht, wenn es ihm gefallen sollte. Dass das Gesamtlaboratorium etwas planlos arbeitete und dass die Leiter und die Theoretiker des Ganzen fehlten, gehörte auf ein anderes Blatt. Man konnte ja wohl sagen, dass er selbst so etwas wie ein Fürst und Herr des Geistes hätte werden wollen: Wer allerdings nicht?! Es ist so natürlich, dass der Geist als das Höchste und über allem Herrschende gilt. Es wird gelehrt. Was kann, schmückt sich mit Geist, verbrämt sich. Geist ist, in Verbindung mit irgendetwas, das Verbreitetste, das es gibt. Der Geist der Treue, der Geist der Liebe, ein männlicher Geist, ein gebildeter Geist, der größte Geist der Gegenwart, wir wollen den Geist dieser und jener Sache hochhalten, und wir wollen im Geiste unserer Bewegung handeln: wie fest und unanstößig klingt das bis in die untersten Stufen. Alles Übrige, das alltägliche Verbrechen oder die emsige Erwerbsgier, erscheint daneben als das Uneingestandene, der Schmutz, den Gott aus seinen Zehennägeln entfernt.

Aber wenn Geist allein dasteht, als nacktes Hauptwort, kahl wie ein Gespenst, dem man ein Leintuch borgen möchte, – wie ist es dann? Man kann die Dichter lesen, die Philosophen studieren, Bilder kaufen und nächteweise Gespräche führen: aber ist es Geist, was man dabei gewinnt? Angenommen, man gewönne ihn: aber besitzt man ihn dann? Dieser Geist ist so fest verbunden mit der zufälligen Gestalt seines Auftretens! Er geht durch den Menschen, der ihn aufnehmen möchte, hindurch und lässt nur ein wenig Erschütterung zurück. Was fangen wir mit all dem Geist an? Er wird auf Massen von Papier, Stein, Leinwand in geradezu astronomischen Ausmaßen immer von neuem erzeugt, wird ebenso unablässig unter riesenhaftem Verbrauch von nervöser Energie aufgenommen und genossen: Aber was geschieht dann mit ihm? Verschwindet er wie ein Trugbild? Löst er sich in Partikel auf? Entzieht er sich dem irdischen Gesetz der Erhaltung? Die Staubteilchen, die in uns hinabsinken und langsam zur Ruhe kommen, stehen in keinem Verhältnis zu dem Aufwand. Wohin, wo, was ist er? Vielleicht würde es, wenn man mehr davon wüsste, beklommen still werden um dieses Hauptwort Geist?!

Über die Dummheit

[Ausschnitte aus einem Vortrag auf Einladung des österreichischen Werkbunds, gehalten in Wien am 11. und wiederholt am 17. März 1937]

Meine Damen und Herren!

EINER, so sich unterfängt, über die Dummheit zu sprechen, läuft heute Gefahr, auf mancherlei Weise zu Schaden zu kommen; es kann ihm als Anmaßung ausgelegt werden, es kann ihm sogar als Störung der zeitgenössischen Entwicklung ausgelegt werden. Ich selbst habe schon vor etlichen Jahren geschrieben: »Wenn die Dummheit nicht dem Fortschritt, dem Talent, der Hoffnung oder der Verbesserung zum Verwechseln ähnlich sähe, würde niemand dumm sein wollen.«[1] Das ist 1931 gewesen; und niemand wird zu bezweifeln wagen, dass die Welt auch seither noch Fortschritte und Verbesse-

1 aus dem 16. Kapitel von *Der Mann ohne Eigenschaften* »Eine geheimnisvolle Zeitkrankheit«: »Denn wenn die Dummheit nicht von innen dem Talent zum Verwechseln ähnlich sähe, wenn sie außen nicht als Fortschritt, Genie, Hoffnung, Verbesserung erscheinen könnte, würde wohl niemand dumm sein wollen, und es würde keine Dummheit geben. Zumindest wäre es sehr leicht, sie zu bekämpfen. Aber sie hat leider etwas ungemein Gewinnendes und Natürliches« (GW I, S. 58).

rungen gesehen hat! So entsteht allmählich eine gewisse Unaufschieblichkeit der Frage: Was ist eigentlich Dummheit?

Ich möchte auch nicht außer Acht lassen, dass ich als Dichter die Dummheit noch viel länger kenne, könnte ich doch sogar sagen, ich sei manches Mal in kollegialem Verhältnis zu ihr gestanden! Und sobald in der Dichtung ein Mann die Augen aufschlägt, sieht er sich überdies einem kaum beschreiblichen Widerstand gegenüber, der alle Formen annehmen zu können scheint: sei es persönliche, wie etwa die würdige eines Professors der Literaturgeschichte, der, gewohnt, auf unkontrollierbare Entfernungen zu zielen, in der Gegenwart unheilstiftend danebenschießt; sei es luftartig allgemeine, wie die der Umwandlung des kritischen Urteils durch das kaufmännische, seit Gott in seiner uns schwer begreiflichen Güte die Sprache des Menschen auch den Erzeugern von Tonfilmen[2] verliehen hat. Ich habe früher schon ein oder das andere Mal mehr solcher Erscheinungen beschrieben; aber es ist nicht nötig, das zu wiederholen oder zu vervollständigen (und anscheinend wäre es sogar unmöglich angesichts eines Hanges zur Größe, den alles heute hat): es genügt, als sicheres Ergebnis hervorzuheben, dass sich die unkünstlerische Verfassung eines Volkes nicht erst in schlechten Zeiten und

2 1921 gab es die erste öffentliche Tonfilmaufführung mit synchron geführtem Ton in Stockholm, 1927 erschien der erste abendfüllende Tonfilm *The Jazzsinger*.

auf rüde Weise äußert, sondern auch schon in guten und auf jegliche Weise, so dass Bedrückung und Verbot nur dem Grade nach verschieden sind von Ehrendoktoraten, Akademieberufungen und Preisverteilungen.

Ich habe immer vermutet, dass dieser vielgestaltige Widerstand eines sich der Kunstliebe rühmenden Volkes gegen die Kunst und den feineren Geist nichts als Dummheit sei, vielleicht eine besondere Art davon, eine besondere Kunst- und vielleicht auch Gefühlsdummheit, jedenfalls aber so sich äußere, dass, was wir Schöngeistigkeit nennen, zugleich auch eine Schöndummheit wäre; und ich sehe auch heute nicht gerade viele Gründe, von dieser Auffassung abzugehen. Natürlich lässt sich nicht alles auf die Dummheit schieben, wovon ein so vollmenschliches Anliegen, wie es die Kunst ist, verunstaltet wird; es muss, wie besonders die Erfahrungen der letzten Jahre gelehrt haben, auch für die verschiedenen Arten der Charakterlosigkeit Platz bleiben. Aber nicht dürfte eingewendet werden, dass der Begriff der Dummheit hier nichts zu suchen habe, weil er sich auf den Verstand beziehe, und nicht auf Gefühle, die Kunst hingegen von diesen abhänge. Das wäre ein Irrtum. Selbst der ästhetische *Genuss* ist *Urteil* und Gefühl. Und ich bitte Sie um die Erlaubnis, dieser großen Formel, die ich Kant[3] entlehnt habe, nicht nur die Erinnerung anfügen zu dürfen, dass Kant von einer ästhetischen *Urteils-*

3 Immanuel Kant (1724–1804), einer der wichtigsten Philosophen besonders durch seine drei Hauptwerke, die *Kritik der*

kraft und einem Geschmacks*urteil* spricht, sondern auch gleich die Antinomien[4] wiederholen zu dürfen, zu denen es führt:

Thesis: Das Geschmacksurteil gründet sich nicht auf Begriffe, denn sonst ließe sich darüber disputieren (durch Beweis entscheiden).

Antithesis: Es gründet sich auf Begriffe, denn sonst ließe sich darüber nicht einmal streiten (eine Einstimmung anstreben).

Und nun möchte ich fragen, ob nicht ein ähnliches Urteil mit ähnlicher Antinomie auch der Politik zugrunde liege und dem Wirrsal des Lebens schlechthin? Und darf man nicht, wo Urteil und Vernunft zu Hause sind, auch ihre Schwestern und Schwesterchen, die verschiedenen Weisen der Dummheit, erwarten? So viel über deren Wichtigkeit. Erasmus von Rotterdam[5] hat in seinem entzückenden und heute noch unverbrauchten »Lob der

reinen Vernunft (1781, zweite Auflage 1787), *Kritik der praktischen Vernunft* (1788) und *Kritik der Urteilskraft* (1790). Die »Formel« findet sich bei Kant nicht wörtlich, prägt aber die *Kritik der Urteilskraft*.

4 unauflösbarer Widerspruch. Kant führte in der sog. Transzendentalen Dialektik seiner *Kritik der reinen Vernunft* vier Antinomien auf: Die Welt hat einen/keinen Anfang in der Zeit und ist / ist nicht in Grenzen eingeschlossen; eine jede zusammengesetzte Substanz besteht / besteht nicht aus einfachen Teilen; es gibt eine eigene Kausalität der Freiheit / es gibt keine Freiheit; es gibt ein/kein schlechthin notwendiges Wesen.

5 Erasmus von Rotterdam (ca. 1466–1536), niederländischer Humanist.

Torheit«[6] geschrieben, dass ohne gewisse Dummheiten der Mensch nicht einmal auf die Welt käme!

[…] Ich will darum auch lieber gleich meine Schwäche bekennen, in der ich mich ihr gegenüber befinde: ich weiß nicht, was sie ist. Ich habe keine Theorie der Dummheit entdeckt, mit deren Hilfe ich mich unterfangen könnte, die Welt zu erlösen; ja, ich habe nicht einmal innerhalb der Schranken wissenschaftlicher Zurückhaltung eine Untersuchung vorgefunden, die sie zu ihrem Gegenstande gemacht hätte, oder auch nur eine Übereinstimmung, die sich wohl oder übel bei der Behandlung verwandter Dinge in Ansehung ihres Begriffs ergeben hätte. Das mag an meiner Unkenntnis liegen, aber wahrscheinlicher ist es, dass die Frage: Was ist Dummheit? so wenig den heutigen Denkgepflogenheiten entspricht wie die Fragen, was Güte, Schönheit oder Elektrizität seien. Trotzdem zieht der Wunsch, sich diesen Begriff zu bilden und eine solche Vorfrage alles Lebens so nüchtern wie möglich zu beantworten, nicht wenig an; darum bin denn auch ich eines Tags der Frage anheimgefallen, was Dummheit wohl »wirklich« sei, und nicht, wie sie paradiere[7], was zu beschreiben weit eher meine Berufspflicht und -geschicklichkeit gewesen wäre. Und da ich mir weder auf dichterische Weise hel-

6 verfasst 1509 (lat. *Moriae encomium*), ironische Lobrede, in der die personifizierte Torheit sich selbst gegen allerlei Vorwürfe verteidigt.

7 aufmarschiere, sich protzend zeige.

fen wollte, noch es auf wissenschaftliche tun konnte, habe ich es auf das naivste versucht, wie es in solchen Fällen allemal naheliegt, indem ich einfach dem Gebrauch des Wortes »dumm« und seiner Familie nachging, die üblichsten Beispiele aufsuchte, und was ich gerade aufschrieb, aneinanderzubringen trachtete. Ein solches Verfahren hat leider immer etwas von einer Kohlweißlingsjagd[8] an sich: Was man zu beobachten glaubt, verfolgt man zwar eine Weile, ohne es zu verlieren, aber da aus anderen Richtungen auf ganz gleichen Zickzackwegen auch andere, ganz ähnliche Schmetterlinge herankommen, weiß man bald nicht mehr, ob man noch hinter dem gleichen her sei. So werden also auch die Beispiele aus der Familie Dummheit nicht immer unterscheiden lassen, ob sie noch wirklich urständlich zusammenhängen oder bloß äußerlich und unversehens die Betrachtung vom einen zum andren führen, und es wird nicht ganz einfach sein, sie unter einen Hut zu bringen, von dem sich sagen lässt, er gehöre wirklich zu einem Dummkopf.

[…] Sollen dabei die Umrisse des Begriffes der Dummheit richtig hervortreten, ist es vor allem anderen nötig, das Urteil zu lockern, dass die Dummheit bloß oder vornehmlich ein Mangel an Verstand sei; wie denn auch schon erwähnt worden ist, dass die allgemeinste

8 Kohlweißling: Schmetterlingsart, bedeutender Schädling in der Landwirtschaft; früher wurden die Raupen einfach von Hand abgesammelt.

Vorstellung, die wir von ihr haben, die des Versagens bei den verschiedensten Tätigkeiten, die des körperlichen und geistigen Mangels schlechthin zu sein scheint. Es gibt dafür in unseren heimischen Mundarten ein ausdrucksvolles Beispiel, die Bezeichnung der Schwerhörigkeit, also eines körperlichen Fehlers, mit dem Worte »derisch« oder »terisch«, das wohl »törisch« heißt und damit der Dummheit nahesteht. Denn genau so wie da wird der Vorwurf der Dummheit volksmäßig auch sonst gebraucht. Wenn ein Wettkämpfer im entscheidenden Augenblick nachlässt oder einen Fehler begeht, sagt er nachher: »Ich bin wie vernagelt gewesen!« oder: »Ich weiß nicht, wo ich meinen Kopf gehabt hab'!«, obgleich der Anteil des Kopfes am Schwimmen oder Boxen immerhin als unscharf begrenzt gelten darf. Ebenso wird unter Knaben und Sportbrüdern einer, der sich ungeschickt anstellt, dumm heißen, auch wenn er ein Hölderlin ist. Auch gibt es geschäftliche Verhältnisse, unter denen ein Mensch, der nicht listig und gewissenlos ist, als dumm gilt. Alles in allem sind das die Dummheiten zu älteren Klugheiten als der, die heute öffentlich in Ehren steht; und wenn ich gut unterrichtet bin, sind in der altgermanischen Zeit nicht nur die moralischen Vorstellungen, sondern auch die Begriffe von dem, was kundig, erfahren, weise ist, also die intellektuellen Begriffe in Beziehung zu Krieg und Kampf gestanden. So hat jede Klugheit ihre Dummheit, und sogar die Tierpsychologie hat in ihren Intelligenzprüfungen herausgefunden, dass sich jedem »Typus von Leistung« ein »Typus von Dummheit« zuordnen lasse.

Wollte man darum einen allgemeinsten Begriff der Klugheit suchen, so ergäbe sich aus diesen Vergleichen etwa der Begriff der Tüchtigkeit, und alles, was untüchtig ist, könnte dann gelegentlich auch dumm heißen; in Wirklichkeit ist es auch dann so, wenn die zu einer Dummheit gehörende Tüchtigkeit nicht wörtlich als Klugheit angesprochen wird. Welche Tüchtigkeit dabei im Vordergrund steht und zu einer Zeit den Begriff der Klugheit und Dummheit mit ihrem Inhalt erfüllt, hängt von der Form des Lebens ab. In Zeiten persönlicher Unsicherheit werden sich List, Gewalt, Sinnesschärfe und körperliche Geschicklichkeit im Begriff der Klugheit ausprägen, in Zeiten vergeistigter – mit den leider nötigen Einschränkungen lässt sich auch sagen – bürgerlicher Lebensgesinnung tritt die Kopfarbeit an ihre Stelle. Richtiger gesagt, es sollte das die höhere Geistesarbeit tun, aber im Gang der Dinge ist daraus das Übergewicht der Verstandesleistung geworden, das der geschäftigen Menschheit in das leere Gesicht unter der harten Stirn geschrieben steht; und so ist es gekommen, dass heute Klugheit und Dummheit, als könnte es gar nicht anders sein, bloß auf den Verstand und die Grade seiner Tüchtigkeit bezogen werden, obwohl das mehr oder minder einseitig ist.

Die mit dem Worte »dumm« von Ursprung verbundene allgemeine Vorstellung der Untüchtigkeit – sowohl in der Bedeutung der Untüchtigkeit zu allem als auch in der Bedeutung jeder beliebigen Untüchtigkeit – hat denn auch eine recht eindrückliche Folge, nämlich die, dass »dumm« und »Dummheit«, weil sie die generelle Unfähigkeit bedeuten, gelegentlich für jedes Wort einspringen können, das eine besondere bezeichnen soll. Das ist einer der Gründe, warum der gegenseitige Vorwurf der Dummheit heute so ungeheuerlich verbreitet ist. (In andrem Zusammenhang auch die Ursache davon, dass sich der Begriff so schwer abgrenzen lässt, wie unsere Beispiele gezeigt haben.) Man sehe sich die Bemerkungen an, die sich an den Rändern anspruchsvollerer Romane vorfinden, die längere Zeit im fast anonymen Leihbüchereiverkehr gestanden sind; hier, wo der Leser mit dem Dichter allein ist, drückt sich sein Urteil mit Vorliebe in dem Worte »dumm!« aus oder in dessen Äquivalenten, wie »blöd!«, »Unsinn!«, »unaussprechliche Dummheit!« und Ähnlichem. Und ebenso sind das die ersten Worte der Empörung, wenn der Mensch in Theateraufführungen oder Bilderausstellungen gegen den Künstler in Masse auftritt und Anstoß nimmt. Auch des Wortes »Kitsch« wäre hier zu gedenken, das als erstes Urteil unter Künstlern selbst so beliebt ist wie kein anderes; ohne dass sich aber, wenigstens meines Wissens nicht, sein Begriff bestimmen und seine Verwendbarkeit erklären ließe, es sei denn durch das Zeitwort »verkitschen«, das in mundartlichem Gebrauch so viel besagt wie »unter dem Preis abgeben« oder »verschleudern«. [...]

Da Schleuderware, Kram hauptsächlich nach der mit ihnen verbundenen Bedeutung von untüchtiger, untauglicher Ware in das Wort eingehen, die Untüchtigkeit und Untauglichkeit aber auch die Grundlage für den Gebrauch des Wortes »dumm« bildet, ist es kaum eine Übertreibung zu behaupten, dass wir geneigt sind, alles, was uns nicht recht ist – zumal, wenn wir es, abgesehen davon, als hoch- oder schöngeistig zu achten vorgeben! – als »irgendwiedumm« anzusprechen. Und zur Bestimmung dieses »Irgendwie« ist es bedeutsam, dass der Gebrauch der Dummheitsausdrücke innig durchdrungen wird von einem zweiten, der die ebenso unvollkommenen Ausdrücke für das Gemeine und sittlich Widerwärtige umfasst, was den Blick zu etwas zurückleitet, das ihm schon einmal aufgefallen ist, zu der Schicksalsgemeinschaft der Begriffe »dumm« und »unanständig«. Denn nicht nur »Kitsch«, der ästhetische Ausdruck intellektueller Herkunft, sondern auch die moralischen Worte »Dreck!«, »widerlich!«, »scheußlich!«, »krankhaft!«, »frech!« sind kernhaft-unentwickelte Kunstkritiken und Urteile über das Leben. Vielleicht enthalten diese Ausdrücke aber noch eine geistige Anstrengung, einen Unterschied an Bedeutung, auch wenn sie unterschiedslos benutzt werden; dann springt als Letztes für sie der wirklich schon halb sprachlose Ausruf »Solch eine Gemeinheit!« ein, der alles andere ersetzt und sich mit dem Ausruf »Solch eine Dummheit!« in die Herrschaft der Welt zu teilen vermag. Denn offenbar ist es so, dass diese beiden Worte gelegentlich für alle anderen einspringen können, weil »dumm« die Bedeutung der generellen Untüchtigkeit und »gemein« die der generellen Sittenverletzung angenommen hat; und belauscht man, was Menschen heute übereinander sagen, so scheint es, dass das Selbstporträt der Menschheit, wie es unbeaufsichtigt aus gegenseitigen Gruppenaufnahmen entsteht, durchaus nur aus den Abwandlungen dieser beiden missfarbenen Worte gemischt ist!

Vielleicht lohnt es sich, darüber nachzudenken. Sonder[9] Zweifel stellen sie beide die unterste Stufe eines nicht zur Ausbildung gelangenden Urteils, eine noch völlig ungegliederte Kritik dar, die wohl fühlt, etwas sei falsch, aber nicht anzugeben vermag, was. Der Gebrauch dieser Worte ist der schlichteste und der schlechteste abwehrende Ausdruck, der sich finden lässt, er ist der Anfang einer Erwiderung und schon auch ihr Ende. Das hat etwas von einem »Kurzschluss« an sich und wird besser verständlich, wenn berücksichtigt wird, dass »dumm« und »gemein«, was immer sie bedeuten mögen, auch als Schimpfworte benutzt werden. Denn die Bedeutung von Schimpfworten liegt bekanntlich nicht so sehr an ihrem Inhalt als an ihrem Gebrauch; und viele unter uns mögen die Esel lieben, werden aber beleidigt sein, wenn man sie einen nennt. Das Schimpfwort vertritt nicht, was es vorstellt, sondern ein Gemisch von

9 ohne.

Vorstellungen, Gefühlen und Absichten, das es nicht im mindesten auszudrücken, sondern nur zu signalisieren vermag. Nebenbei bemerkt, ist ihm das mit den Mode- und Fremdworten gemeinsam, weshalb solche unentbehrlich erscheinen, auch wenn sie sich vollkommen ersetzen ließen. Aus diesem Grunde ist an Schimpfworten auch etwas unvorstellbar Aufregendes, das wohl mit ihrer Absicht übereinstimmt, aber nicht mit ihrem Inhalt; und am deutlichsten zeigt sich das vielleicht an den Hänsel- und Neckworten der Jugend: ein Kind kann »Busch!« oder »Moritz!« sagen und damit ein anderes auf Grund geheimer Beziehungen in Raserei versetzen.

Was sich so von den Schimpf-, Neck-, Mode- und Fremdworten sagen lässt, lässt sich aber auch von den Witz-, Schlag- und Liebesworten sagen; und das Gemeinsame aller dieser, sonst so ungleichartigen, Worte ist es, dass sie im Dienst eines Affekts stehn und dass es gerade ihre Ungenauigkeit und ihre Unsachlichkeit sind, was sie im Gebrauch befähigt, ganze Bereiche besser zutreffender, sachlicher und richtiger Worte zu verdrängen. Offenbar besteht im Leben manchmal ein Bedürfnis darnach, und sein Wert soll ihm gelassen werden; aber dumm, sozusagen die gleichen Wege wandelnd wie die Dummheit, ist es ohne Zweifel, was in solchen Fällen geschieht [...].

Und wirklich lässt sich an dem rechten Gebrauch des Vorwurfs, etwas sei wahrhaftig eine Dummheit oder eine Gemeinheit, nicht nur ein Aussetzen der Intelligenz erkennen, sondern auch die blinde Neigung zum sinnlosen Zerstören oder Flüchten. Diese Worte sind nicht nur Schimpfworte, sondern sie vertreten einen ganzen Schimpfanfall. Wo etwas bloß noch durch sie ausgedrückt werden kann, ist die Tätlichkeit nahe. Auf früher erwähnte Beispiele zurückzukommen, Bilder werden in solchen Fällen mit Regenschirmen angegriffen (noch dazu an Stelle dessen, der sie gemalt hat), Bücher werden, als ließen sie sich so entgiften, zur Erde geschleudert. Aber auch der entmächtigende Druck ist vorhanden, der dem vorangeht und von dem es befreien soll: man »erstickt fast« an seinem Ärger; »kein Wort genügt«, außer eben den allgemeinsten und sinnärmsten; es bleibt einem »die Sprache weg«, man muss sich »Luft schaffen«. Das ist der Grad der Sprachlosigkeit, ja Gedankenlosigkeit, der dem Zerbersten vorangeht! Er bedeutet einen schweren Zustand der Unzulänglichkeit, und schließlich wird der Ausbruch dann gewöhnlich mit den tief durchsichtigen Worten eingeleitet, dass einem »endlich etwas zu dumm geworden« sei. Dieses Etwas ist man aber selbst. In Zeiten, wo große, zupackende Tatkraft sehr geschätzt wird, ist es notwendig, sich auch an das zu erinnern, was ihr manchmal zum Verwechseln ähnlich sieht.

*

Meine Damen und Herren! Man spricht heute vielfach von einer Vertrauenskrisis der Humanität, einer Krisis des Vertrauens, das bis jetzt noch in die Menschlichkeit gesetzt wird; sie ließe sich auch eine Panik nennen, die im Begriffe ist, an die Stelle der Sicherheit zu treten, dass wir imstande seien, unsere Angelegenheiten in Freiheit und mit Vernunft zu führen. Und wir dürfen uns nicht darin täuschen, dass diese beiden sittlichen, und auch sittlich-künstlerischen Begriffe, Freiheit und Vernunft, die als Wahrzeichen der Menschenwürde aus dem klassischen Zeitalter der deutschen Weltbürgerlichkeit auf uns gekommen sind, schon seit der Mitte des neunzehnten Jahrhunderts oder einem wenigen später nicht mehr so ganz bei Gesundheit gewesen sind. Sie sind allmählich »außer Kurs« gekommen, man hat nichts mehr mit ihnen »anzufangen« gewusst, und dass man sie einschrumpfen ließ, ist weniger der Erfolg ihrer Gegner als der ihrer Freunde gewesen. Wir dürfen uns also auch nicht darin täuschen, dass wir, oder die nach uns, wohl nicht zu diesen unveränderten Vorstellungen zurückkehren werden; unsere Aufgabe, und der Sinn der dem Geist auferlegten Prüfungen, wird es vielmehr sein – und das ist die so selten begriffene schmerzlich-hoffnungsvolle Aufgabe eines jeden Zeitgeschlechts – den immer nötigen, ja sehr erwünschten Übergang zum Neuen mit möglichst geringen Verlusten zu vollziehen! Und umso mehr, als man den Übergang auf bewahrend-veränderte Ideen, der zur rechten Zeit stattfinden muss, verabsäumt hat, bedarf man bei solchem Tun helfender Vorstellungen von dem, was wahr, vernünftig, bedeutend, klug, und also in verkehrter Spiegelung auch von dem, was dumm ist. Welcher Begriff oder Teilbegriff der Dummheit lässt sich aber bilden, wenn der des Verstandes und der Weisheit wankt? Wie sehr sich die Anschauungen mit den Zeiten ändern, dafür möchte ich als ein kleines Beispiel bloß anführen, dass in einem ehedem sehr bekannten psychiatrischen Lehrbuch die Frage: »Was ist Gerechtigkeit?« und die Antwort darauf: »Dass der *andere* bestraft wird!« als ein Fall von Imbezillität[10] angeführt werden, wogegen sie heute die Grundlage einer viel erörterten Rechtsauffassung bilden. Ich fürchte also, dass sich selbst die bescheidensten Ausführungen nicht werden abschließen lassen, ohne auf einen von zeitlichen Wandlungen unabhängigen Kern wenigstens hinzudeuten. So ergeben sich noch einige Fragen und Bemerkungen.

[...] Im Leben versteht man unter einem dummen Menschen gewöhnlich einen, der »ein bisschen schwach im Kopf« ist. Außerdem gibt es aber auch die verschiedenartigsten geistigen und seelischen Abweichungen, von denen selbst eine unbeschädigt eingeborene Intelligenz so behindert und durchkreuzt und irregeführt werden kann, dass es im Ganzen auf etwas hinausläuft, wofür dann die Sprache wieder nur das Wort »Dumm-

10 geistige Behinderung, Schwachsinn.

heit« zur Verfügung hat. Dieses Wort umfasst also zwei im Grunde sehr verschiedene Arten: eine ehrliche und schlichte Dummheit und eine andere, die, ein wenig paradox, sogar ein Zeichen von Intelligenz ist. Die erstere beruht eher auf einem schwachen Verstand, die letztere eher auf einem Verstand, der bloß im Verhältnis zu irgendetwas zu schwach ist, und diese ist die weitaus gefährlichere.

Die ehrliche Dummheit ist ein wenig schwer von Begriff und hat, was man eine »lange Leitung« nennt. Sie ist arm an Vorstellungen und Worten und ungeschickt in ihrer Anwendung. Sie bevorzugt das Gewöhnliche, weil es sich ihr durch seine öftere Wiederholung fest einprägt, und wenn sie einmal etwas aufgefasst hat, ist sie nicht geneigt, es sich so rasch wieder nehmen zu lassen, es analysieren zu lassen oder selbst daran zu deuteln. Sie hat überhaupt nicht wenig von den roten Wangen des Lebens! Zwar ist sie oft unbestimmt in ihrem Denken, und die Gedanken stehen ihr vor neuen Erfahrungen leicht ganz still, aber dafür hält sie sich auch mit Vorliebe an das sinnlich Erfahrbare, das sie gleichsam an den Fingern abzählen kann. Mit einem Wort, sie ist die liebe »helle Dummheit«, und wenn sie nicht manchmal auch so leichtgläubig, unklar und zugleich so unbelehrbar wäre, dass es einen zur Verzweiflung bringen kann, so wäre sie eine überaus anmutige Erscheinung.

Ich mag mir nicht versagen, diese Erscheinung noch

mit einigen Beispielen auszuzieren, die sie auch von anderen Seiten zeigen und die ich Bleulers[11] *Lehrbuch der Psychiatrie*[12] entnommen habe: Ein Imbeziller[13] drückt, was wir mit der Formel »Arzt am Krankenbett« abtäten, mit den Worten aus: »Ein Mann, der hält dem andern die Hand, der liegt im Bett, dann steht da eine Nonne.« Es ist die Ausdrucksweise eines malenden Primitiven! Eine nicht ganz klare Magd betrachtet es als schlechten Scherz, wenn man ihr zumutet, sie solle ihr Erspartes der Kasse übergeben, wo es Zinsen trage: So dumm werde niemand sein, ihr noch etwas dafür zu bezahlen, dass er ihr das Geld aufbewahre! gibt sie zur Antwort; und es drückt sich darin eine ritterliche Gesinnung aus, ein Verhältnis zum Geld, das man vereinzelt noch in meiner Jugend an vornehmen alten Leuten hat wahrnehmen können! Einem dritten Imbezillen endlich wird es symptomatisch aufgeschwärzt, dass er behauptet, ein Zweimarkstück sei weniger wert als ein Markstück und zwei halbe, denn – so lautet seine Begründung: man müsse es wechseln, und dann bekäme man zu wenig heraus! Ich hoffe, nicht der einzige Imbezille in diesem Saal zu sein, der dieser Werttheorie für Menschen, die

11 Eugen Bleuler (1857–1939), Schweizer Psychiater, wurde bekannt durch Untersuchungen zur Schizophrenie (er prägte den Begriff) und zum Autismus; beschäftigte sich als einer der ersten Klinikleiter mit Freuds Lehre.

12 Berlin: Springer, 1916.

13 ein Schwachsinniger.

beim Wechseln nicht aufpassen können, herzlich zustimmt!

Um aber nochmals auf das Verhältnis zur Kunst zurückzukehren, die schlichte Dummheit ist wirklich oft eine Künstlerin. Statt auf ein Reizwort mit einem andern Wort zu erwidern, wie es in manchen Experimenten[14] einstens sehr üblich war, gibt sie gleich ganze Sätze zur Antwort, und man mag sagen, was man will, diese Sätze haben etwas wie Poesie in sich! Ich wiederhole, indem ich zuerst das Reizwort nenne, einige von solchen Antworten:

»Anzünden: Der Bäcker zündet das Holz an.
Winter: Besteht aus Schnee.
Vater: Der hat mich einmal die Treppe
hinuntergeworfen.
Hochzeit: Dient zur Unterhaltung.
Garten: In dem Garten ist immer schön Wetter.
Religion: Wenn man in die Kirche geht.
Wer war Wilhelm Tell: Man hat ihn im Wald gespielt;
es waren verkleidete Frauen und Kinder dabei.
Wer war Petrus: Er hat dreimal gekräht.«

Die Naivität und große Körperlichkeit solcher Antworten, der Ersatz höherer Vorstellungen durch das Erzäh-

14 Anspielung auf Wilhelm Wundts (1832–1920) Technik, die Eugen Bleuler und Sigmund Freud in die Psychoanalyse übernahmen bzw. modifizierten.

len einer einfachen Geschichte, das wichtige Erzählen von Überflüssigem, von Umständen und Beiwerk, dann wieder das abkürzende Verdichten wie in dem Petrus-Beispiel, das sind uralte Praktiken der Dichtung; und wenn ich auch glaube, dass ein Zuviel davon, wie es recht in Schwang[15] ist, den Dichter dem Idioten annähert, so ist doch auch das Dichterische in diesem nicht zu verkennen, und es fällt ein Licht darauf, dass der Idiot in der Dichtung mit einer eigentümlichen Freude an seinem Geist dargestellt werden kann.

Zu dieser ehrlichen Dummheit steht nun die anspruchsvolle höhere in einem wahrhaft nur zu oft schreienden Gegensatz. Sie ist nicht sowohl ein Mangel an Intelligenz als vielmehr deren Versagen aus dem Grunde, dass sie sich Leistungen anmaßt, die ihr nicht zustehen; und sie kann alle schlechten Eigenschaften des schwachen Verstandes an sich haben, hat aber außerdem auch noch alle die an sich, die ein nicht im Gleichgewicht befindliches, verwachsenes, ungleich bewegliches, kurz, ein jedes Gemüt verursacht, das von der Gesundheit abweicht. Weil es keine »genormten« Gemüter gibt, drückt sich, richtiger gesagt, in dieser Abweichung ein ungenügendes Zusammenspiel zwischen den Einseitigkeiten des Gefühls und einem Verstand aus, der zu ihrer Zügelung nicht hinreicht. Diese höhere Dummheit ist die eigentliche Bildungskrankheit (aber um einem Miss-

15 in Mode.

verständnis entgegenzutreten: sie bedeutet Unbildung, Fehlbildung, falsch zustande gekommene Bildung, Missverhältnis zwischen Stoff und Kraft der Bildung), und sie zu beschreiben, ist beinahe eine unendliche Aufgabe. Sie reicht bis in die höchste Geistigkeit; denn ist die echte Dummheit eine stille Künstlerin, so die intelligente das, was an der Bewegtheit des Geisteslebens, vornehmlich aber an seiner Unbeständigkeit und Ergebnislosigkeit mitwirkt. Schon vor Jahren habe ich von ihr geschrieben: »Es gibt schlechterdings keinen bedeutenden Gedanken, den die Dummheit nicht anzuwenden verstünde, sie ist allseitig beweglich und kann alle Kleider der Wahrheit anziehen. Die Wahrheit dagegen hat jeweils nur ein Kleid und einen Weg und ist immer im Nachteil.«[16] Die damit angesprochene Dummheit ist keine Geisteskrankheit, und doch ist sie die lebensgefährlichste, die dem Leben selbst gefährliche Krankheit des Geistes.

Wir sollten sie gewiss jeder schon in uns verfolgen, und nicht erst an ihren großen geschichtlichen Ausbrüchen erkennen. Aber woran sie erkennen? Und welches unverkennbare Brandmal ihr aufdrücken?! Die Psychiatrie benutzt heute als Hauptkennzeichen für die Fälle, die sie angehen, die Unfähigkeit, sich im Leben zurechtzufinden, das Versagen vor allen Aufgaben, die es stellt, oder auch plötzlich vor einer, wo es nicht zu erwarten wäre. Auch in der experimentellen Psychologie,

16 So wörtlich in Musils Roman *Der Mann ohne Eigenschaften*, GW II, S. 59.

die es vornehmlich mit dem Gesunden zu tun hat, wird die Dummheit ähnlich definiert. »Dumm nennen wir ein Verhalten, das eine Leistung, für die alle Bedingungen bis auf die persönlichen gegeben sind, nicht vollbringt«, schreibt ein bekannter Vertreter einer der neuesten Schulen dieser Wissenschaft. Dieses Kennzeichen der Fähigkeit sachlichen Verhaltens, der Tüchtigkeit also, lässt für die eindeutigen »Fälle« der Klinik oder der Affenversuchsstation nichts zu wünschen übrig, aber die frei herumlaufenden »Fälle« machen einige Zusätze nötig, weil das richtige oder falsche »Vollbringen der Leistung« bei ihnen nicht immer so einleuchtend ist. Erstens liegt doch in der Fähigkeit, sich allezeit so zu verhalten, wie es ein lebenstüchtiger Mensch unter gegebenen Umständen tut, schon die ganze höhere Zweideutigkeit der Klugheit und Dummheit, denn das »sachgemäße«, »sachkundige« Verhalten kann die Sache zum persönlichen Vorteil benutzen oder ihr dienen, und wer das eine tut, pflegt den, der das andre tut, für dumm zu halten. (Aber medizinisch dumm ist eigentlich nur, wer weder das eine noch das andere kann.) Und zweitens lässt sich auch nicht leugnen, dass ein unsachliches Verhalten, ja sogar ein unzweckmäßiges, oft notwendig sein kann, denn Objektivität und Unpersönlichkeit, Subjektivität und Unsachlichkeit haben Verwandtschaft miteinander, und so lächerlich die unbeschwerte Subjektivität ist, so lebens-, ja denkunmöglich ist natürlich ein völlig objektives Verhalten; beides auszugleichen, ist sogar eine der

Hauptschwierigkeiten unserer Kultur. Und schließlich wäre auch noch einzuwenden, dass sich gelegentlich keiner so klug verhält, wie es nötig wäre, dass jeder von uns also, wenn schon nicht immer, so doch von Zeit zu Zeit dumm ist. Es ist darum auch zu unterscheiden zwischen Versagen und Unfähigkeit, gelegentlicher oder funktioneller und beständiger oder konstitutioneller Dummheit, zwischen Irrtum und Unverstand. Es gehört das zum Wichtigsten, weil die Bedingungen des Lebens heute so sind, so unübersichtlich, so schwer, so verwirrt, dass aus den gelegentlichen Dummheiten der Einzelnen leicht eine konstitutionelle der Allgemeinheit werden kann. Das führt die Beobachtung also schließlich auch aus dem Bereich persönlicher Eigenschaften hinaus zu der Vorstellung einer mit geistigen Fehlern behafteten Gesellschaft. Man kann zwar, was psychologisch-real im Individuum vor sich geht, nicht auf Sozietäten[17] übertragen, also auch nicht Geisteskrankheiten und Dummheit, aber man dürfte heute wohl vielfach von einer »sozialen Imitation geistiger Defekte« sprechen können; die Beispiele dafür sind recht aufdringlich.

*

Mit diesen Zusätzen ist der Bereich der psychologischen Erklärung natürlich wieder überschritten worden. Sie selbst lehrt uns, dass ein kluges Denken bestimmte

17 Gesellschaften.

Eigenschaften hat, wie Klarheit, Genauigkeit, Reichtum, Löslichkeit trotz Festigkeit und viele andere, die sich aufzählen ließen; und dass diese Eigenschaften zum Teil angeboren sind, zum Teil neben den Kenntnissen, die man sich aneignet, auch als eine Art Denkgeschicklichkeit erworben werden; bedeuten doch ein guter Verstand und ein geschickter Kopf so ziemlich das Gleiche. Hiebei ist nichts zu überwinden als Trägheit und Anlage, das lässt sich auch schulen, und das komische Wort »Denksport« drückt nicht einmal so übel aus, worauf es ankommt.

Die »intelligente« Dummheit hat dagegen nicht sowohl den Verstand als vielmehr den Geist zum Widerpart, und wenn man sich darunter nicht bloß ein Häuflein Gefühle vorstellen will, auch das Gemüt. Weil sich Gedanken und Gefühle gemeinsam bewegen, aber auch weil sich in ihnen der gleiche Mensch ausdrückt, lassen sich Begriffe wie Enge, Weite, Beweglichkeit, Schlichtheit, Treue auf das Denken wie auf das Fühlen anwenden; und mag der daraus entstehende Zusammenhang selbst noch nicht ganz klar sein, so genügt es doch, um sagen zu können, dass zum Gemüt auch Verstand gehört und dass unsere Gefühle nicht außer[18] Verbindung mit Klugheit und Dummheit sind. Gegen diese Dummheit ist durch Vorbild und Kritik zu wirken.

Die damit vorgetragene Auffassung weicht von der

18 ohne.

üblichen Meinung ab, die durchaus nicht falsch, wohl aber äußerst einseitig ist und nach der ein tiefes, echtes Gemüt des Verstandes nicht brauchte, ja durch ihn bloß verunreinigt würde. Die Wahrheit ist, dass an schlichten Menschen gewisse wertvolle Eigenschaften, wie Treue, Beständigkeit, Reinheit des Fühlens und ähnliche ungemischt hervortreten, aber das doch eigentlich nur tun, weil der Wettbewerb der anderen schwach ist; und ein Grenzfall davon ist uns vorhin im Bilde des freundlich zusagenden Schwachsinns zu Gesicht gekommen. Nichts liegt mir ferner, als das gute, rechtschaffene Gemüt mit diesen Ausführungen erniedrigen zu wollen – sein Fehlen hat sogar geziemlichen Anteil an der höheren Dummheit! – aber noch wichtiger ist es heute, ihm den Begriff des Bedeutenden voranzusetzen, was ich freilich nur noch gänzlich utopischerweise erwähne.

Das Bedeutende vereint die Wahrheit, die wir an ihm wahrnehmen können, mit den Eigenschaften des Gefühls, die unser Vertrauen haben, zu etwas Neuem, zu einer Einsicht, aber auch zu einem Entschluss, zu einem erfrischten Beharren, zu irgendetwas, das geistigen *und* seelischen Gehalt hat und uns oder anderen ein Verhalten »zumutet«; so ließe sich sagen, und was im Zusammenhang mit der Dummheit das Wichtigste ist, das Bedeutende ist an der Verstandes- wie an der Gefühlsseite der Kritik zugänglich. Das Bedeutende ist auch der gemeinsame Gegensatz von Dummheit und Rohheit, und das allgemeine Missverhältnis, worin heute die Affekte die Vernunft zerdrücken, statt sie zu beflügeln, schmilzt im Begriff der Bedeutung zu. Genug von ihm, ja vielleicht schon mehr, als zu verantworten sein möchte! Denn sollte noch etwas hinzugefügt werden müssen, so könnte es nur das eine sein, dass mit allem Gesagten durchaus noch kein sicheres Erkennungs- und Unterscheidungszeichen des Bedeutenden gegeben ist und dass wohl auch nicht leicht ein ganz genügendes gegeben werden könnte. Gerade das führt uns aber auf das letzte und wichtigste Mittel gegen die Dummheit: auf die Bescheidung.

Gelegentlich sind wir alle dumm; wir müssen gelegentlich auch blind oder halbblind handeln, oder die Welt stünde still; und wollte einer aus den Gefahren der Dummheit die Regel ableiten: »Enthalte dich in allem des Urteils und des Entschlusses, wovon du nicht genug verstehst!«, wir erstarrten! Aber diese Lage, von der heute recht viel Aufhebens gemacht wird, ist ähnlich einer, die uns auf dem Gebiet des Verstandes längst vertraut ist. Denn weil unser Wissen und Können unvollendet ist, müssen wir in allen Wissenschaften im Grunde voreilig urteilen, aber wir bemühen uns und haben es erlernt, diesen Fehler in bekannten Grenzen zu halten und bei Gelegenheit zu verbessern, wodurch doch wieder Richtigkeit in unser Tun kommt. Nichts spricht eigentlich dagegen, dieses exakte und stolz-demütige Urteilen und Tun auch auf andere Gebiete zu übertragen; und ich glaube, der Vorsatz »Handle, so gut du kannst und so schlecht du musst, und bleibe dir dabei der Fehlergrenzen deines Handelns bewusst!« wäre schon der halbe Weg zu einer aussichtsvollen Lebensgestaltung.

Aber ich bin mit diesen Andeutungen schon eine Weile am Ende meiner Ausführungen, die, wie ich schützend vorgekehrt habe, nur eine Vorstudie bedeuten sollen. Und ich erkläre mich, den Fuß auf der Grenze, außerstande, weiterzugehen; denn einen Schritt über den Punkt, wo wir halten, hinaus, und wir kämen aus dem Bereich der Dummheit, der selbst theoretisch noch abwechslungsreich ist, in das Reich der Weisheit, eine öde und im Allgemeinen gemiedene Gegend.

[Schlagwörter und Mottos]

Diotima lachte nicht; sie lächelte bloß. Sie war geistreiche Männer gewohnt; aber diese waren auch sonst noch etwas. Paradoxe als solche erschienen ihr unreif und erregten das Bedürfnis, ihren Verwandten auf den Ernst der Wirklichkeit hinzuweisen, welcher dem großen patriotischen Unternehmen sowohl Würde wie Verantwortung lieh. Sie sprach nun in einem anderen Ton, abschließend und eröffnend; Ulrich suchte unwillkürlich zwischen ihren Worten nach jenen schwarz-gelben Bindfäden, mit denen in den Ministerien die Aktenblätter durchschossen und aneinandergeheftet werden. Es kamen aber keineswegs nur regierungsfähige, sondern auch geistige Kennerworte aus Diotimas Mund, wie »seelenlose, bloß von Logik und Psychologie beherrschte Zeit« oder »Gegenwart und Ewigkeit«, und plötzlich war dazwischen auch von Berlin und dem »Schatz von Gefühl« die Rede, den das Österreichertum im Gegensatz zu Preußen noch bewahre.

Ulrich machte einigemal den Versuch, diese geistige Thronrede zu stören; aber augenblicklich wolkte Sakristeigeruch des hohen Bürokratismus über die Unterbrechung hin, ihre Taktlosigkeit zart verhüllend. Ulrich staunte. Er erhob sich, sein erster Besuch war offenbar zu Ende.

[Zusammenhänge und Jenachdem]

Warum lebte er [Ulrich] also unklar und unentschieden? Ohne Zweifel, – sagte er sich – was ihn in eine abgeschiedene und unbenannte Daseinsform bannte, war nichts als der Zwang zu jenem Lösen und Binden der Welt, das man mit einem Wort, dem man nicht gerne allein begegnet, Geist nennt. Und Ulrich wusste selbst nicht warum, aber er wurde mit einem Mal traurig und dachte: »Ich liebe mich einfach selbst nicht.« In dem erfrorenen, versteinten Körper der Stadt fühlte er ganz zuinnerst sein Herz schlagen. Da war etwas in ihm, das hatte nirgends bleiben wollen, hatte sich die Wände der Welt entlang gefühlt und gedacht, es gibt ja noch Millionen anderer Wände; dieser langsam erkaltende, lächerliche Tropfen Ich, der sein Feuer, den winzigen Glutkern nicht abgeben wollte.

Der Geist hat erfahren, dass Schönheit gut, schlecht, dumm oder bezaubernd macht. Er zerlegt ein Schaf und einen Büßer und findet in beiden Demut und Geduld. Er untersucht einen Stoff und erkennt, dass er in großen Mengen ein Gift, in kleineren ein Genussmittel sei. Er weiß, dass die Schleimhaut der Lippen mit der Schleimhaut des Darms verwandt ist, weiß aber auch, dass die Demut dieser Lippen mit der Demut alles Heiligen verwandt ist. Er bringt durcheinander, löst auf und hängt neu zusammen. Gut und bös, oben und unten sind für ihn nicht skeptisch-relative Vorstellungen, wohl aber Glieder einer Funktion, Werte, die von dem Zusammenhang abhängen, in dem sie sich befinden. Er hat es den Jahrhunderten abgelernt, dass Laster zu Tugenden und Tugenden zu Lastern werden können, und hält es im Grunde bloß für eine Ungeschicklichkeit, wenn man es noch nicht fertigbringt, in der Zeit eines Lebens aus einem Verbrecher einen nützlichen Menschen zu machen. Er anerkennt nichts Unerlaubtes und nichts Erlaubtes, denn alles kann eine Eigenschaft haben, durch die es eines Tags teilhat an einem großen, neuen Zusammenhang. Er hasst heimlich wie den Tod alles, was so tut, als stünde es ein für allemal fest, die großen Ideale und Gesetze und ihren kleinen versteinten Abdruck, den gefriedeten Charakter. Er hält kein Ding für fest, kein Ich, keine Ordnung; weil unsre Kenntnisse sich mit jedem

Tag ändern können, glaubt er an keine Bindung, und alles besitzt den Wert, den es hat, nur bis zum nächsten Akt der Schöpfung, wie ein Gesicht, zu dem man spricht, während es sich mit den Worten verändert.

So ist der Geist der große Jenachdem-Macher, aber er selbst ist nirgends zu fassen, und fast könnte man glauben, dass von seiner Wirkung nichts als Zerfall übrig bleibe.

[Beschränkungen]

[…] der endgültige Zustand eines geistig angebildeten Menschen war ungefähr der, dass er sich auf sein »Fach« beschränkte und für den Rest seines Lebens die Überzeugung mitnahm, das Ganze sollte ja vielleicht anders sein, aber es habe gar keinen Zweck, darüber nachzudenken. So ungefähr sieht das innere Gleichgewicht der Menschen aus, die geistig etwas leisten. Und mit einem Mal stellte sich Ulrich das Ganze komischer Weise in der Frage dar, ob es nicht am Ende, da es doch sicher genug Geist gebe, bloß daran fehle, dass der Geist selbst keinen Geist habe?

[Zwei Geistesverfassungen]

Es gibt also in Wirklichkeit zwei Geistesverfassungen, die einander nicht nur bekämpfen, sondern die gewöhnlich, was schlimmer ist, nebeneinander bestehen, ohne ein Wort zu wechseln, außer dass sie sich gegenseitig versichern, sie seien beide wünschenswert, jede auf ihrem Platz. Die eine begnügt sich damit, genau zu sein, und hält sich an die Tatsachen; die andere begnügt sich nicht damit, sondern schaut immer auf das Ganze und leitet ihre Erkenntnisse von sogenannten ewigen und großen Wahrheiten her. Die eine gewinnt dabei an Erfolg, und die andere an Umfang und Würde. Es ist klar, dass ein Pessimist auch sagen könnte, die Ergebnisse der einen seien nichts wert und die der anderen nicht wahr. Denn was fängt man am Jüngsten Tag, wenn die menschlichen Werke gewogen werden, mit drei Abhandlungen über die Ameisensäure an, und wenn es ihrer dreißig wären?! Andererseits, was weiß man vom Jüngsten Tag, wenn man nicht einmal weiß, was alles bis dahin aus der Ameisensäure werden kann?!

[Geist und Salon]

Diotimas Ehrgeiz war lange Zeit nahe daran gewesen, in der vornehmen Aussichtslosigkeit der fünften Rangklasse[19] zu enden, ehe durch einen Zufall plötzlich der Aufstieg ihres Mannes damit begann, dass ein wohlwol-

19 In Österreich-Ungarn wurden für einen Teil der Beamtenschaft Rangklassen eingeführt. Die Rangklassen 1 bis 5 umfassten Regierungsmitglieder (die ersten beiden Klassen) und Spitzenbeamte bzw. hohe Beamte.

lender und »fortschrittlich« gesinnter Minister sich den Bürgerlichen in die Präsidialkanzlei der Zentralstelle holte. In dieser Stellung kamen nun viele Leute zu Tuzzi[20], die etwas von ihm wollten, und von diesem Augenblick an belebte sich auch in Diotima fast zu ihrem eigenen Erstaunen ein Schatz von Erinnerungen an »geistige Schönheit und Größe«, den sie sich angeblich im kulturvollen Elternhaus und in den Zentren der Welt, in Wahrheit aber wohl auf der höheren Töchterschule als vorzügliches Lernkind angeeignet hatte, und sie fing an, ihn vorsichtig zu verwerten. Der nüchterne, aber ungemein verlässliche Verstand ihres Mannes hatte die Aufmerksamkeit unwillkürlich auch auf sie gelenkt, und sie handelte nun vollkommen arglos wie ein feuchtes Schwämmchen, welches das wieder von sich gibt, was es ohne besondere Verwendung in sich aufgespeichert hat, indem sie, sobald sie wahrnahm, dass man ihre geistigen Vorzüge bemerkte, mit großer Freude kleine »hochgeistige« Ideen an passenden Plätzen in ihre Unterhaltung einflocht. Und allmählich, während ihr Mann weiter emporstieg, fanden sich immer mehr Leute ein, die seine Nähe suchten, und ihr Haus wurde zu einem »Salon«, der in dem Ruf stand, dass »Gesellschaft und Geist« dort einander begegneten. Jetzt, im Verkehr mit Menschen, die auf verschiedenen Gebieten etwas bedeuteten, begann Diotima auch ernstlich sich selbst zu

20 Figur aus dem *Mann ohne Eigenschaften*: Der Ehemann Diotimas ist Sektionschef im Außenministerium.

entdecken. Ihre Korrektheit, die noch immer aufpasste wie in der Schule, das Gelernte gut behielt und es zu einer freundlichen Einheit verknüpfte, wurde geradezu von selbst zu Geist, einfach durch Erweiterung, und das Haus Tuzzi gewann eine anerkannte Stellung.

[Geist und Eigenschaften]

Ulrich nahm ohne weiteres an, dass ein Mensch, der Geist hat, jede Art davon besitzt, so dass Geist ursprünglicher wäre als Eigenschaften; er selbst war ein Mensch mit vielen Gegensätzen und stellte sich vor, dass alle Eigenschaften, die in der Menschheit je zum Ausdruck gekommen sind, ziemlich nah beieinander in dem Geist jedes Menschen ruhen, wenn er überhaupt Geist hat. Das mag nicht ganz richtig sein, aber was wir vom Entstehen des Guten wie des Bösen wissen, stimmt noch am ehesten dazu, dass jeder zwar seine innere Größennummer hat, aber in dieser Größe die verschiedensten Kleider ausfüllen kann, wenn sie ihm das Schicksal bereithält.

[Geist und Höhenflüge]

[…] ein Gedanke, der nicht einen praktischen Zweck hat, ist wohl eine nicht sehr anständige heimliche Beschäftigung; namentlich aber solche Gedanken, die ungeheure Stelzschritte machen und die Erfahrung nur mit winzigen Sohlen berühren, sind unordentlicher Entstehung verdächtig. Früher hat man ja wohl von Gedankenflug gesprochen, und zur Zeit Schillers wäre ein Mann mit solchen hochgemuten Fragen im Busen sehr angesehen gewesen; heute dagegen hat man das Gefühl, dass mit so einem Menschen etwas nicht in Ordnung sei, wenn das nicht gerade zufällig sein Beruf ist und seine Einkommensquelle. Man hat die Sache offenbar anders verteilt. Man hat gewisse Fragen den Menschen aus dem Herzen genommen. Man hat für hochfliegende Gedanken eine Art Geflügelfarm geschaffen, die man Philosophie, Theologie oder Literatur nennt, und dort vermehren sie sich in ihrer Weise immer unübersichtlicher, und das ist ganz recht so, denn kein Mensch braucht sich bei dieser Ausbreitung mehr vorzuwerfen, dass er sich nicht persönlich um sie kümmern kann. […] augenblicklich malte er sich aus, dass das auf den Weg zum Bienenstaat führen werde. Die Königin wird Eier legen, die Drohnen werden ein der Wollust und dem Geist gewidmetes Leben führen, und die Spezialisten werden arbeiten. Auch eine solche Menschheit ist denkbar; die Gesamtleistung möchte vielleicht sogar gesteigert werden. Jetzt hat jeder Mensch sozusagen noch die ganze Menschheit in sich, aber das ist offenkundig schon zu viel geworden und bewährt sich gar nicht mehr; so dass das Humane fast schon der reinste Schwindel ist. Es käme für den Erfolg vielleicht darauf an, bei der Zerteilung neue Vorkehrungen zu treffen, damit in einer besonderen jener Arbeitergruppen auch eine geistige Synthese entsteht. Denn ohne Geist –? Ulrich wollte sagen, dass es ihn nicht freuen würde. Aber das war natürlich ein Vorurteil.

[Ideenbefehlshaber]

»Ich[21] pflege meinen Referenten, wenn sie mir einen dringenden Akt bringen, zu sagen: Dringend ist nichts auf der Welt außer dem Weg zu einem gewissen Locus[22]. Aber im Ernst gesprochen ist das, was mich zu dir [Ulrich] führt, hervorragend wichtig. Ich habe dir schon gesagt, dass ich das Haus deiner Kusine als eine besondere Gelegenheit für mich betrachte, die wichtigsten Zivilfragen der Welt kennenzulernen. Schließlich ist das einmal etwas Nicht-Ärarisches[23], und ich kann dir versichern, dass es mir kolossal imponiert. Aber andererseits sind wir Militärs, auch wenn wir unsere Schwächen haben, lange nicht so dumm, wie man allgemein glaubt. Ich hoffe, du wirst mir zugeben, dass wir, wenn wir ein-

21 General Stumm von Bordwehr, Figur aus dem *Mann ohne Eigenschaften*. Stumm – wie er meist abkürzend genannt wird – ist im Auftrag des Kriegsministeriums für die Organisation der Parallelaktion zuständig.

22 lat. Ort, hier: Toilette.

23 dasjenige, das nicht materiell oder immateriell das Eigentum bzw. Vermögen des Staates ist.

mal etwas machen, es gründlich und ordentlich tun. Also du gibst es zu? Das habe ich mir auch erwartet, und dann kann ich offen mit dir reden, wenn ich dir trotzdem gestehe, dass ich mich für unseren militärischen Geist schäme. Schäme, habe ich gesagt! Ich bin heute neben dem Feldbischof wohl der Mann in der Armee, der am meisten mit dem Geist zu tun hat. Aber ich kann dir sagen, wenn man unseren militärischen Geist genau anschaut, so hervorragend er ist, er schaut aus wie ein Frührapport. Du weißt hoffentlich noch, was ein Frührapport ist? Also nicht wahr, da schreibt der Inspektionsoffizier hinein, so viel Mann sind da und Pferde, so viel Mann und Pferde sind nicht da, sie sind krank oder dergleichen, der Ulan[24] Leitomischl ist über die Zeit ausgeblieben und so weiter. Aber warum so viel Mann und Pferde da oder krank sind und so weiter, das schreibt er nicht hinein. Und gerade das ist es, was man immer wissen müsste, wenn man mit Herren vom Zivil zu tun hat. Die Rede des Soldaten ist kurz, einfach und sachlich, aber ich habe sehr oft mit Herren von den Zivilministerien zu konferieren, und dann fragen sie bei jeder Gelegenheit, warum das sein soll, was ich vorschlage, und berufen sich auf Rücksichten und Zusammenhänge höherer Natur. Also ich hab – du gibst mir dein Ehrenwort, dass das, was jetzt kommt, unter uns bleibt! – meinem Chef, dem Exzellenz Frost vorgeschlagen oder richtiger gesagt, ich will ihn mehr da-

24 Lanzenreiter.

mit überraschen, dass ich die Gelegenheit bei deiner Kusine benutze, um diese Rücksichten und Zusammenhänge höherer Natur einmal ordentlich kennenzulernen und, wenn ich so sagen darf, ohne unbescheiden zu sein, für den militärischen Geist heranzuziehen. Schließlich haben wir beim Militär Ärzte, Tierärzte, Apotheker, Geistliche, Auditoren, Intendanten, Ingenieure und Kapellmeister: aber eine zentrale Stelle für den Zivilgeist fehlt noch.«

[...] »Ich habe hier«, erzählte er Ulrich, indem er gleichzeitig die dazugehörenden Blätter vorwies, »ein Verzeichnis der Ideenbefehlshaber anlegen lassen, das heißt, es enthält alle Namen, welche in letzter Zeit sozusagen größere Heereskörper von Ideen zum Siege geführt haben; hier dieses andere ist eine Ordre de bataille[25]; das da ein Aufmarschplan; dieses ein Versuch, die Depots oder Waffenplätze festzulegen, aus denen der Nachschub an Gedanken kommt. Aber du bemerkst wohl – ich habe es in der Zeichnung auch deutlich hervorheben lassen –, wenn du eine der heute im Gefecht stehenden Gedankengruppen betrachtest, dass sie ihren Nachschub an Kombattanten[26] und Ideenmaterial nicht nur aus ihrem eigenen Depot, sondern auch aus dem ihres Gegners bezieht; du siehst, dass sie ihre Front fortwährend verändert und ganz unbegründet plötzlich mit verkehrter Front, gegen ihre eigene Etappe kämpft; du siehst andersher-

25 Schlachtordnung.
26 Mitkämpfer.

um, dass die Ideen ununterbrochen überlaufen, hin und zurück, so dass du sie bald in der einen, bald in der anderen Schlachtlinie findest: Mit einem Wort, man kann weder einen ordentlichen Etappenplan, noch eine Demarkationslinie, noch sonst etwas aufstellen, und das Ganze ist, mit Respekt zu sagen – woran ich aber andererseits doch wieder nicht glauben kann! – das, was bei uns jeder Vorgesetzte einen Sauhaufen nennen würde!«

[Glauben, Unglauben, Kultur]

[…] der zivilistische Geist hatte den Vorteil, eine feste Weltanschauung zu besitzen, offensichtlich verloren. Das erkannte der General [Stumm] deutlich, und dadurch zeigte sich ihm das ganze Gerede vom Erlösen jetzt auch noch von einer anderen Seite. General Stumms Geist wanderte zu den Erinnerungen an empfangene Religions- und Geschichtsstunden zurück, um diesen neuen Zusammenhang aufzuklären; es lässt sich schwer sagen, was er sich dabei dachte, aber wenn man es aus ihm herausgehoben und sorgfältig geglättet hätte, würde es wohl ungefähr so ausgesehen haben: Um mit dem kirchlichen Teil kurz zu beginnen, solange man an Religion glaubte, konnte man einen guten Christen oder frommen Juden hinunterstürzen, von welchem Stockwerk der Hoffnung oder des Wohlergehens man wollte, er fiel immer sozusagen auf die Füße seiner Seele. Das kam davon, dass alle

Religionen in der Erläuterung des Lebens, die sie dem Menschen schenkten, einen irrationalen, unberechenbaren Rest vorgesehen hatten, den sie Gottes Unerforschlichkeit nannten; ging dem Sterblichen die Rechnung nicht auf, so brauchte er sich bloß an diesen Rest zu erinnern, und sein Geist konnte sich befriedigt die Hände reiben. Dieses Auf-die-Füße-Fallen und Sich-die-Hände-Reiben nennt man Weltanschauung, und das hat der zeitgenössische Mensch verlernt. Er muss sich entweder des Nachdenkens über sein Leben ganz entschlagen[27], woran sich viele genugtun, oder er gerät in jenen sonderbaren Zwiespalt, dass er denken muss und scheinbar doch nie recht damit zum Ende der Zufriedenheit gelangen kann. Dieser Zwiespalt hat im Lauf der Zeiten ebenso oft die Form eines vollständigen Unglaubens angenommen wie die der erneuten vollständigen Unterwerfung unter den Glauben, und seine heute häufigste Form ist wohl die, dass man überzeugt ist, ohne Geist gebe es kein rechtes menschliches Leben, mit zu viel Geist gebe es aber auch keines. Auf dieser Überzeugung ruht ganz und gar unsere Kultur. Sie achtet streng darauf, Geldmittel für Lehr- und Forschungsstätten bereitzustellen, aber ja nicht zu große Geldmittel, sondern solche, die in einem angemessenen Kleinheitsverhältnis zu den Beträgen stehn, die sie für Vergnügungen, Automobile und Waffen ausgibt. Sie schafft auf allen Wegen

27 enthalten.

freie Bahn dem Tüchtigen, aber sorgt vorsichtig dafür, dass er auch der Geschäftstüchtige sei. Sie anerkennt nach einigem Widerstand jede Idee, aber das kommt dann von selbst auch deren Gegenidee zugute. Das sieht so aus wie eine ungeheure Schwäche und Nachlässigkeit; aber es ist wohl auch ein ganz bewusstes Bemühen, den Geist wissen zu lassen, dass Geist nicht alles sei, denn würde auch nur ein einziges Mal mit einer der Ideen, die unser Leben bewegen, restlos, so dass von der Gegenidee nichts übrig bleibt, Ernst gemacht werden, unsere Kultur wäre wohl nicht mehr unsere Kultur!

[Die Seele als solche]

Es ist das ein Wort, das schon des Öfteren, aber nicht gerade in den klarsten Beziehungen aufgetreten ist. Zum Beispiel als das, was der heutigen Zeit verlorengegangen ist oder sich nicht mit der Zivilisation vereinen lässt; als das, was in Widerstreit mit körperlichen Trieben und ehelichen Gewohnheiten steht; als das, was von einem Mörder nicht nur unwillig erregt wurde; als das, was durch die Parallelaktion[28] befreit werden sollte; als

28 Zentrales Thema des Romans *Der Mann ohne Eigenschaften*; 1918 hätte das 70-jährige Thronjubiläum Franz Josefs I. und das 30-jährige Wilhelms II. stattfinden können. Die Mitglieder der sogenannten Parallelaktion, der Großen vaterländischen Aktion, sind (vergeblich) auf der Suche nach einer

religiöse Betrachtung und contemplatio in caligine divina[29] beim Grafen Leinsdorf[30]; als Liebe zu Gleichnissen bei vielen Menschen, und so fort. Von allen Eigentümlichkeiten dieses Wortes Seele ist aber die merkwürdigste, dass junge Menschen es nicht aussprechen können, ohne zu lachen. Selbst Diotima und Arnheim[31] scheuten sich, es ohne Verbindung zu gebrauchen; denn eine große, edle, feige, kühne, niedrige Seele zu haben, das lässt sich noch behaupten, aber schlechtweg zu sagen, meine Seele, das bringt man nicht über sich. Es ist ein ausgeprägtes Wort für ältere Leute, und das ist nur so zu verstehen, dass man annimmt, es müsse sich im Lauf des Lebens irgendetwas immer fühlbarer machen, für das man dringend einen Namen braucht, ohne ihn zu finden, bis man schließlich den ursprünglich verschmähten dafür widerstrebend in Gebrauch nimmt.

Idee, mit der sich alle Völker der österreich-ungarischen Monarchie (im Roman »Kakanien« genannt) so identifizieren können, dass in der Feier des Thronjubiläums zugleich die übergreifende Einheit der Monarchie erlebt werden kann.

29 Betrachtung im göttlichen Dunkel.

30 Figur aus dem *Mann ohne Eigenschaften*: Graf Leinsdorf ist der eigentliche Erfinder der Parallelaktion.

31 Figur aus dem *Mann ohne Eigenschaften*: Dr. Arnheim ist in eins Vertreter von Geist und Geschäft. Obwohl er Preuße ist, spielt er bei der Parallelaktion eine bedeutende Rolle.

[Innerlichkeit im Eigenbau]

Es mag sein, dass einstmals etwas Ursprüngliches in Diotima gewesen war, eine ahnungsvolle Empfindsamkeit, damals eingerollt in das dünngebürstete Kleid ihrer Korrektheit, was sie jetzt Seele nannte und in der gebatikten[32] Metaphysik Maeterlincks[33] wiederfand, in Novalis[34], vor allem aber in der namenlosen Welle von Dünnromantik und Gottessehnsucht, die das Menschenzeitalter als Äußerung des geistigen und künstlerischen Protestes gegen sich selbst eine Weile lang ausgespritzt hat. Es mag auch sein, dass dieses Ursprüngliche in Diotima als ein Etwas von Stille, Zärtlichkeit, Andacht und Güte genauer zu bestimmen war, das nie einen rechten Weg gefunden hatte und beim Bleigießen[35], welches das Schicksal mit uns veranstaltet, in die komische Form ihres Idealismus geraten war. Vielleicht war es Phantasie; vielleicht eine Ahnung von der instinktiven vegetativen Arbeit, die täglich unter der Decke des Leibes vor sich geht, über der der seelenvolle Ausdruck einer schönen Frau uns anblickt; vielleicht kamen bloß unbezeichenbare Stunden, wo sie sich weit und warm fühlte, die

32 wie eine Batikarbeit wirkenden.
33 Graf Maurice Maeterlinck (1862–1949), belgischer Schriftsteller.
34 Novalis (eigentlich Georg Philipp Friedrich von Hardenberg, 1772–1801), deutscher Schriftsteller und Philosoph.
35 Sitte, zu Silvester Blei in ein Gefäß mit Wasser zu gießen und aus den entstehenden Gebilden die Zukunft zu lesen.

Empfindungen beseelter zu sein schienen als gewöhnlich, wo Ehrgeiz und Wille schwiegen, eine leise Lebensberauschung und Lebensfülle sie ergriff, die Gedanken sich weit weg von der Oberfläche nach der Tiefe richteten, selbst wenn sie nur dem Geringsten galten, und die Weltereignisse fern lagen wie Lärm vor einem Garten. Diotima meinte dann unmittelbar das Wahre in sich zu sehen, ohne sich darum zu bemühen; zarte Erlebnisse, die noch keine Namen trugen, hoben ihre Schleier; und sie fühlte sich – um nur einiges aus den vielen Beschreibungen anzuführen, die sie in der Literatur dafür vorfand – harmonisch, human, religiös, nah einer Ursprungstiefe, die alles heilig macht, was aus ihr aufsteigt, und alles sündhaft sein lässt, was nicht aus ihrer Quelle kommt: Aber wenn das auch alles recht schön zu denken war, über solche Ahnungen und Andeutungen eines besonderen Zustands kam nicht nur Diotima niemals hinaus, sondern ebenso wenig taten es die zu Rate gezogenen prophetischen Bücher, die von dem Gleichen in den gleichen, geheimnisvollen und ungenauen Worten sprachen. Es blieb Diotima nichts übrig, als dass sie auch daran die Schuld einem Zivilisationszeitalter zuschrieb, worin der Zugang zur Seele eben verschüttet worden ist.

[Sauber werden]

Die These, dass der große Umsatz an Seife von großer Reinlichkeit zeugt, braucht nicht für die Moral zu gelten, wo der neuere Satz richtiger ist, dass ein ausgeprägter Waschzwang auf nicht ganz saubere innere Verhältnisse hindeutet. Es würde ein nützlicher Versuch sein, wenn man den Verbrauch an Moral, der (welcher Art sie auch sei) alles Tun begleitet, einmal auf das äußerste einschränken und sich damit begnügen wollte, moralisch nur in den Ausnahmefällen zu sein, wo es dafür steht, aber in allen anderen über sein Tun nicht anders zu denken wie über die notwendige Normung von Bleistiften oder Schrauben. Es würde dann allerdings nicht viel Gutes geschehn, aber einiges Besseres; es würde kein Talent übrig bleiben, sondern nur das Genie; es würden aus dem Bild des Lebens die faden Abzugsbilder verschwinden, die aus der blassen Ähnlichkeit entstehen, welche die Handlungen mit den Tugenden haben, und an ihre Stelle deren berauschendes Einssein in der Heiligkeit treten. Mit einem Wort, es würde von jedem Zentner Moral ein Milligramm einer Essenz übrig bleiben, die noch in einem Millionstelgramm zauberhaft beglückend ist.

[Ideale]

Es zeigte sich, dass sie [Diotima] in einer großen Zeit lebte, denn die Zeit war voll von großen Ideen; aber man sollte nicht glauben, wie schwierig es ist, das Größte und Wichtigste davon zu verwirklichen, sobald alle Bedingungen dafür gegeben sind, bis auf die eine, was man dafür halten soll! Jedes Mal, wenn Diotima sich beinahe schon für eine solche Idee entschieden hatte, musste sie bemerken, dass es auch etwas Großes wäre, das Gegenteil davon zu verwirklichen. So ist es nun einmal, und sie konnte nichts dafür. Ideale haben merkwürdige Eigenschaften und darunter auch die, dass sie in ihren Widersinn umschlagen, wenn man sie genau befolgen will. Da waren zum Beispiel Tolstoi und die Berta Suttner – zwei Schriftsteller, von deren Ideen man damals ungefähr gleich viel hörte –, aber wie kann sich, dachte Diotima, die Menschheit ohne Gewalt auch nur Brathühner verschaffen? Und was fängt man mit den Soldaten an, wenn man, wie jene es verlangten, nicht töten soll? Sie werden erwerbslos, die Armen, und die Verbrecher haben goldene Zeiten. Solche Anträge lagen aber vor, und man hörte, dass schon Unterschriften gesammelt würden. Diotima hätte sich ein Leben ohne ewige Wahrheiten niemals vorzustellen vermocht, aber nun bemerkte sie zu ihrer Verwunderung, dass es jede ewige Wahrheit doppelt und mehrfach gibt. Darum hat der vernünftige Mensch, und das war in diesem Fall

Sektionschef Tuzzi, der dadurch sogar eine gewisse Ehrenrettung erfuhr, ein tief eingewurzeltes Misstrauen gegen ewige Wahrheiten; er wird zwar niemals bestreiten, dass sie unentbehrlich seien, aber er ist überzeugt, dass Menschen, die sie wörtlich nehmen, verrückt sind. Nach seiner Einsicht – die er seiner Gattin hilfreich darbot – enthalten die menschlichen Ideale ein Unmaß der Forderung, das ins Verderben führen muss, wenn man es nicht schon von vornherein nicht ganz ernst nimmt. Als den besten Beweis dafür führte Tuzzi an, dass solche Worte wie Ideal und ewige Wahrheit in Büros, wo es sich um ernste Dinge handelt, überhaupt nicht vorkommen; einem Referenten, der es sich einfallen ließe, sie in einem Akt[36] anzuwenden, würde augenblicklich nahegelegt werden, sich zur Erlangung eines Erholungsurlaubes amtsärztlich untersuchen zu lassen. Aber Diotima, wenn sie ihm auch wehmütig zuhörte, schöpfte aus solchen Stunden der Schwäche am Ende doch wieder neue Kraft, sich in ihre Studien zu stürzen.

[Die Verbindungen der Seele]

Ein [...] Mittel, das die Seele zwar tötet, aber dann gleichsam in kleinen Konserven zum allgemeinen Gebrauch aufbewahrt, ist seit je ihre Verbindung mit der

36 einer Akte.

Vernunft, den Überzeugungen und dem praktischen Handeln gewesen, wie sie alle Moralen, Philosophien und Religionen erfolgreich durchgeführt haben. Weiß Gott, wie gesagt, was überhaupt eine Seele ist! Es kann gar kein Zweifel daran bestehen, dass der glühende Wunsch, nur auf sie zu hören, einen unermesslichen Spielraum, eine wahre Anarchie übrig lässt, und man hat Beispiele dafür, dass sozusagen chemisch reine Seelen geradezu Verbrechen begehn. Sobald dagegen eine Seele Moral hat oder Religion, Philosophie, vertiefte bürgerliche Bildung und Ideale auf den Gebieten der Pflicht und des Schönen, ist ihr ein System von Vorschriften, Bedingungen und Durchführungsbestimmungen geschenkt, das sie auszufüllen hat, ehe sie daran denken darf, eine beachtenswerte Seele zu sein, und ihre Glut wird wie die eines Hochofens in schöne Sandrechtecke geleitet. Es bleiben dann im Grunde nur noch logische Fragen der Auslegung übrig, von der Art, ob eine Handlung unter dieses oder jenes Gebot fällt, und es hat die Seele die ruhige Übersichtlichkeit eines Feldes nach geschlagener Schlacht, wo die Toten still liegen und man sofort bemerken kann, wo ein Stückchen Leben sich noch erhebt oder stöhnt.

[Wahrheit und Subjektivität]

Ein Mann, der die Wahrheit will, wird Gelehrter; ein Mann, der seine Subjektivität spielen lassen will, wird vielleicht Schriftsteller; was aber soll ein Mann tun, der etwas will, das dazwischen liegt? Solche Beispiele, die »dazwischen« liegen, liefert aber jeder moralische Satz, etwa gleich der bekannte und einfache: Du sollst nicht töten. Man sieht auf den ersten Blick, dass er weder eine Wahrheit ist noch eine Subjektivität. Man weiß, dass wir uns in mancher Hinsicht streng an ihn halten, in anderer Hinsicht sind gewisse und sehr zahlreiche, jedoch genau begrenzte Ausnahmen zugelassen, aber in einer sehr großen Zahl von Fällen dritter Art, so in der Phantasie, in den Wünschen, in den Theaterstücken oder beim Genuss der Zeitungsnachrichten, schweifen wir ganz ungeregelt zwischen Abscheu und Verlockung. Man nennt etwas, das weder eine Wahrheit noch eine Subjektivität ist, zuweilen eine Forderung. Man hat diese Forderung an den Dogmen der Religion und an denen des Gesetzes befestigt und ihr dadurch den Charakter einer abgeleiteten Wahrheit gegeben, aber die Romanschriftsteller erzählen uns von den Ausnahmen, angefangen beim Opfer Abrahams bis zur jüngsten schönen Frau, die ihren Geliebten niedergeschossen hat, und lösen es wieder in Subjektivität auf. Man kann sich also entweder an den Pflöcken festhalten oder zwischen ihnen von der breiten Welle hin und her tragen lassen;

aber mit welchem Gefühl!? Das Gefühl des Menschen für diesen Satz ist ein Gemisch von vernageltem Gehorchen (einschließlich der »gesunden Natur«, die sich sträubt, an so etwas auch nur zu denken, aber, durch Alkohol oder Leidenschaft nur ein wenig von ihrem Platz verrückt, es sofort tut) und gedankenlosem Plätschern in einer Woge voll Möglichkeiten. Soll dieser Satz wirklich nur so verstanden werden? Ulrich fühlte, dass ein Mann, der etwas mit ganzer Seele tun möchte, auf diese Weise weder weiß, ob er es tun, noch ob er es unterlassen soll. Und ihm ahnte doch, dass man es aus dem ganzen Wesen heraus tun oder lassen könnte. Ein Einfall oder ein Verbot sagten ihm gar nichts. Die Anknüpfung an ein Gesetz nach oben oder innen erregte die Kritik seines Verstandes, ja mehr als das, es lag auch eine Entwertung in diesem Bedürfnis, den seiner selbst gewissen Augenblick durch eine Abstammung zu nobilitieren[37]. Bei alledem blieb seine Brust stumm, und nur sein Kopf sprach; aber er fühlte, dass in einer anderen Weise seine Entscheidung übereinfallen könnte mit seinem Glück. Er könnte glücklich sein, weil er nicht tötet, oder glücklich sein, weil er tötet, aber er könnte niemals der gleichgültige Eintreiber einer an ihn gestellten Forderung sein.

37 zu adeln.

Der Egoismus ist eine Fiktion der Moraltheoretiker; nur sein eigenes Wohl zu wollen, ist für das Gefühl durchaus keine bloß persönliche Angelegenheit. Rein egoistisch wäre nur die völlige Gefühlstaubheit, ein Automatismus ohne begleitendes Bewusstsein, der Kurzschluss zwischen sensoriellem[38] Reiz und Willen ohne Zwischenschaltung eines Weltgefühls. Der Wüstling, der bedeutende Verbrecher, der Eisige sind durchaus auch Spielarten des Altruismus[39], wie man etwa den Don Juanismus als eine Form der Liebe schon erkannt hat.

Man hat nachgewiesen, dass sich jede altruistische Regung auf Akte der Selbstsucht zurückführen lässt; man hätte ebenso gut nachweisen können, dass in jeder egoistischen Handlung altruistische Antriebe versteckt sind, ohne die sie nicht denkbar wäre. Beide Ableitungen sind, so extrem unternommen, gleichermaßen drollig; Begriffswürde im Wackeltopf, ein unfreiwilliges Gedankenspiel, weil der Gefühlsboden darunter schwankt.

Was als Tatsache auftaucht, wenn man Beispiele des Egoismus untersucht, ist stets ein gefühlhaftes Verhältnis zur Mitwelt, eine Beziehung zwischen Ich und Du, die an beiden Enden schwer ist. Ebenso wenig hat es aber je einen reinen Altruismus gegeben. Es hat nur Menschen gegeben, die den andern nützen mussten, weil sie sie lieb-

38 über Sensoren wie Nervenenden gefühlten.
39 hier: der Selbstlosigkeit.

ten, und solche, die sie schädigen mussten, weil sie sie liebten und das nicht anders ausdrücken konnten. Oder beides taten, weil sie hassten. Aber auch Hass und Liebe sind nur täuschende Erscheinungsweisen, zufällige Vorzeichen der einen, in manchen Menschen drängenden Kraft, die man bloß als moralische Aggressivität bezeichnen kann, als den geradezu phantastischen Zwang, in irgendeiner vehementen Weise auf die Mitmenschen zu reagieren, sich in sie zu verströmen, oder sie zu vernichten, oder irgendwelche an inneren Erfindungen reiche Konstellationen zu ihnen zu schaffen. Der Altruismus wie der Egoismus sind Ausdrucksmöglichkeiten dieser moralischen Phantastik, aber sie sind zusammen nicht mehr als zwei von deren nie gezählten Formen.

Sittenämter

Der Staatsbürger hat von Geburt an Augen, Ohren, Mund und Nase; im Alter der Mündigkeit bekommt er jedoch noch ein Organ hinzu, einen Leumund[40]. Dieser ist weder klein noch groß, weder schön noch hässlich, sondern polizeilich. Und während man mit dem gewöhnlichen Mund vieles machen kann, Angenehmes und Unangenehmes, kann man mit dem Leumund gar nichts machen, man hat keine Gewalt über ihn; das ist

40 das öffentliche Ansehen, das jemand hat.

das Gefährliche. Die wenigsten Staatsbürger ahnen, dass ihr zurückgezogenes Privatleben viel gefährlicher ist als irgendein notorisches Verbrechen, wo man weiß, was man will, wie viel man dafür bekommt und wie die Sache heißt.

Ein gar nicht seltener Fall ist bekanntlich der Ehebruch. Wer ihn noch nicht begangen hat, hat doch sicher schon von ihm gehört, denn alle Welt ist voll von Scherzen und Lustspielen über ihn, aber man kann sagen, Gott sei Dank, begehen die Menschen seltener einen Ehebruch als sie davon reden, da vier Menschen nur zwei Ehebrüche begehen können. Man bricht sie im Stillen; aber zuweilen kommt es vor, dass ein Teil Lärm schlägt, und zwar ist es dann immer der Teil, der es eigentlich gar nicht wissen sollte, und der kann eine Anzeige machen, und nach den Gesetzen fast aller Kulturstaaten werden die Ehebrecher bestraft. Als die Staaten noch keine Kulturstaaten waren, zuweilen mit dem Tode; heute mit etwa vierzehn Tagen Arrest. Es ist dies nicht viel, wenn man bedenkt, dass die vorsätzliche und erfolgreiche Anstrengung, eine Auslagenscheibe zu zertrümmern, ungefähr ebenso viel Strafe kostet und weniger Vergnügen macht. Wahrscheinlich würden die Gesetze auch heute noch strenger sein, aber die Ehe ist ein sogenanntes heiliges Gut (wie zum Beispiel auch die Kunst), und da weiß der Staat nie genau, wie viel es wert ist. […]

Hier brechen die Grundlagen der persönlichen Moral

unter uns ein. Denn das kann jedem passieren: keiner ist davor sicher, wandle er, wie er wolle, dass er dem Sittenamt keine Handhabe bietet, gegen ihn einzuschreiten. Wer hätte nicht einmal Schauspieler werden wollen?! Und wer würde so bald einer Beschäftigung nachgehn, wenn er so glücklich war, ein Kaffeehaus zu verkaufen? Wer hat es noch niemals auf galante Abenteuer in Vergnügungslokalen abgesehen gehabt? Vielleicht sogar schon gutsituierte Damen bei Nacht empfangen? Und wenn er kein Lump ist, werden sogar gutsituierte Herren am hellen Tag bei ihm aus- und eingegangen sein, und also steht unweigerlich er oder das Sittenamt im Verdacht verkehrten Empfindens! Man glaubt natürlich, dass man selbst ein normaler und vielleicht sogar anständiger Mensch sei, aber darin besteht eben der Irrtum. Man hat dem Sittenamt bloß noch nicht »die Handhabe« geboten, sonst ist offenbar längst alles schon beisammen. Man ist nur ein Spieler, den das Schicksal gewinnen lässt, um ihm eines Tags alles abzunehmen. Denn ein Auge des Gesetzes sieht einem zu, man weiß nicht einmal, wo es sein Bureau hat, und dem macht man nichts vor. Eines Tags wird man verleumundet und erkennt sich niemals mehr wieder.

Deshalb ist das Privatleben das Gefährlichste, was es gibt. Es wäre grausam, wollte man ein Mittel gegen diese Gefahr nicht wenigstens andeuten. Es besteht darin, dass man rechtzeitig einen öffentlichen Charakter erwirbt, wenn es selbst ein ganz unbedeutender ist. Denn einen öffentlichen Charakter erkennt das Auge des Gesetzes, weil es selbst von öffentlichem Charakter ist, und nach einer alten Lehre das Auge das Licht nicht erkennen könnte, wenn es nicht selbst aus Stoff des Lichts bestünde[41]. Jeder Amtsdiener hat seinen Personalakt, und steht nichts Besonderes über seinen Charakter darin, so hat er eben seinen Amtscharakter; die günstigste aktenmäßig mögliche Aussage über einen privaten Charakter besteht aber darin, dass er nicht vorbestraft ist und auch sonst nichts Nachteiliges wider ihn angegeben werden kann, und da das natürlich ebenso gut zu bedeuten vermag, dass er es bisher mit besonderer Tücke verstanden hat, sich den Nachstellungen der Behörden zu entziehn, wird jeder Privatmann selbst einsehn, dass eine staatliche Behörde im Privatmann so lange nichts andres sehen darf als einen noch nicht erwischten Verbrecher, bis er erwischt ist. Eine Ausnahme davon macht höchstens stadtbekannter Reichtum oder eine persönliche Empfehlung.

Man hat viel über die Ursachen nachgedacht. Sie dürften eine Folge der Erbsünde sein, denn schließlich ist sie schuld, dass so viel Menschen ohne Amtscharak-

41 Anspielung auf die Fügung Goethes: »Wär' nicht das Auge sonnenhaft, / Die Sonne könnt' es nie erblicken; / Läg' nicht in uns des Gottes eigne Kraft, / Wie könnt' uns Göttliches entzücken?« (Reclams Zitaten-Lexikon, hrsg. von Johannes John, Stuttgart: Reclam 1992/2014, S. 36; UNIVERSAL-BIBLIOTHEK Nr. 19194.)

ter geboren werden. Es wird besser werden, wenn die Völker Europas auf dem Wege zunehmender Bureaukratisierung fortschreiten.

Zivilisation

Einem französischen Senator, welcher zu Poincarés[42] Zeiten im Finanzausschuss der Pariser Kammer die Berichterstattung über die Rüstungsauslagen verwaltete, war nachgewiesen worden, dass er von Polen und Rumänen »Perzente« genommen hatte; von der schimmernden Wehr waren einige Schuppen in seine Taschen gefallen, während er Schulter an Schulter stand.

Ich finde das ein schönes Beispiel der europäischen Zivilisation. Ich freue mich, dass Poincaré damals nicht nur die von diesem Mann vorgeschlagenen Kredite durchsetzte, sondern eigens einen für Jugoslawien noch dazu. Denn das grenzt schon wieder an Geradheit und Offenheit. Jedes Kind weiß, dass Gott heute nicht mehr bei den stärksten Bataillonen ist, sondern bei den Großbanken; wenn die Bataillone aber nur ein Papier der Rüstungsindustrie sind, dann ist es gesund, von ihnen Perzente zu nehmen, und man sollte sie bald auch an der Börse handeln.

Was dem entgegensteht, ist nur ein Rest europäischer

42 Jules Henri Poincaré (1854–1912), berühmter französischer Mathematiker.

Romantik. Die großen Nationen treten lieber als Räuber auf, denn als Diebe; sie ballen die Faust, um die Diebsfinger zu verbergen, und schöne Reden müssen das begleiten. Man dankt deshalb sehr viel diesem Senator, der auf den Räuberpflanz in so vorbildlicher Weise verzichtete und als ehrlicher Dieb sich sozusagen enthüllen ließ wie ein Denkmal, ohne von seinem Platz zu weichen. Ein solches Beispiel muss sich durchsetzen. In Paris soll man z. B. heute schon bestimmte Theaterkritiker kaufen können, bei uns muss man noch mit ihnen befreundet sein, was oft viel unangenehmer ist. Dass Ärzte, Rechtsbeistände, Geistliche, Journalisten Hilfe nur dem gewähren, der sie bezahlt, gilt auch bei uns als selbstverständlich; wenn man aber einen Senator gewinnen wollte, so musste man (bis vor kurzem; jetzt scheint sich ja endlich eine Änderung angebahnt zu haben) zwanzig Leuten Vorteile erweisen, damit man vom zwanzigsten dem für seine Person uneigennützigen Mann empfohlen wurde. Ich weiß nicht, ob ehrlich am längsten währt, aber es währt jedenfalls lang und ist eine umständliche Währung. Und während bei uns immerhin noch in den meisten Dingen ein rückständiger Tauschhandel herrscht, scheint sich anderswo schon der völlige moralische Geldverkehr durchzusetzen.

Man darf sich natürlich nicht täuschen und glauben, dass Krieg und Niedertracht aufhören können, solange er nicht völlig und rein im privaten wie im öffentlichen Leben durchgeführt ist. Die Hunde haben ihre ausgezeichneten Nasen, aber wir Menschen gehen aneinander vorbei und vermögen uns nicht zu erkennen. Wir haben noch eine ganz ungeregelte und wilde Preisbildung für das, was wir wollen, und sind von denen, die uns brauchen, so wenig zu finden wie Bücher ohne Katalog. Im reinen Geldzeitalter werden wir Ziffernsysteme und unendlich glücklich sein. Sich selbst bewegende Zahlen, so wie es Pythagoras und Platon geträumt haben.

Der Kampf um die Sittlichkeit

Schicken wir um die Ausdrucksweise festzulegen die oft gemachte Unterscheidung zwischen Sittlichkeit und Sitten voraus. Wir können dann sagen: unsre Sitten sind christlich-kapitalistisch, unsre Sittlichkeit wird derzeit gesucht.

Eine Nebenbemerkung: Unterscheiden sich unsre Sitten so sehr von den chinesischen, die weder christlich noch im eigentlichen Sinn kapitalistisch sind? Handelt es sich nicht um eine Mischung, die überall in der gleichen Weise auftritt? [...]

Es gibt nun 3 Möglichkeiten: mit der bestehenden Sittlichkeit zufrieden sein. Das kann man von keinem guten Menschen verlangen. – Sie reformieren wollen und an die Erreichbarkeit eines reformierten Zustandes glauben. Dem widerspricht erstens, dass keiner mit einer früheren Epoche höherer Sittlichkeit ernstlich tauschen möchte, nicht mit einem christlichen noch mit einem antiken Jahrhundert. Darin liegt, so naiv das Argument ist, doch unwiderlegbar eine Zustimmung zur eigenen Zeit, bzw. die Erkenntnis, dass das eigene bejahte Ich doch irgendwie nur in ihr möglich gedacht werden kann. Zweitens widerspricht dem, dass jeder Zustand, den wir uns ausdenken, zum Gesetz erhoben sofort etwas von der Langweile des katholischen Himmels hat. Der Vertreter der Nacktkultur ist im Grunde nicht lächerlicher als der Vertreter des strengen Altruismus od. Katholizismus. – Drittens bleibt die Möglichkeit, das Reich der seelisch geistigen Bedürfnisse von dem der realen, politischen als prinzipiell getrennt zu betrachten. Man kann dieser Haltung den Vorwurf des Kompromisses machen, aber den kann man auch jeder Wahrheit machen. Diese Haltung verträgt sich mit großer – nur in den Zielen zurückhaltender – politischer Aktivität. Sie setzt einen unüberbrückbaren Gegensatz zwischen Individuum und Gemeinschaft voraus und der besteht tatsächlich schon der Anlage nach. Sie lehrt uns das Wirken der großen Persönlichkeiten verstehen, das immer antisozial ist, auch dort, wo es eine Sozietät fingiert[43] und fordert, um sich mit ihr gegen die bestehende zu verbünden.

43 vorgibt.

[Das Wesen der Moral]

Moral ist ihrem Wesen als Vorschrift nach an wiederholbare Erlebnisse gebunden, und ebensolche sind es, welche die Rationalität kennzeichnen, denn der Begriff kann sich nur an der Eindeutigkeit und – in übertragenem Sinn – Wiederholbarkeit ansetzen; so besteht ein tiefer Zusammenhang zwischen dem zivilisatorischen Charakter der Moral und des Verstandes, während das eigentlich ethische Erlebnis wie das der Liebe oder der Einkehr oder der Demut selbst dort, wo es sozial ist, etwas sehr schwer zu Übertragendes, ganz Persönliches und fast Unsoziales ist.

[Erlösen]

So viele Worte in einer großen Stadt in jedem Augenblick gesprochen werden, um die persönlichen Wünsche ihrer Bewohner auszudrücken, eines ist niemals darunter: das Wort »erlösen«. Man darf annehmen, dass alle anderen, die leidenschaftlichsten Worte und die Ausdrücke verwickeltster, ja sogar deutlich als Ausnahme gekennzeichneter Beziehungen, in vielen Duplikaten gleichzeitig geschrien und geflüstert werden, zum Beispiel »Sie sind der größte Gauner, der mir je untergekommen ist« oder »So ergreifend schön wie Sie ist keine zweite Frau«; so dass sich diese höchstpersönlichen Erlebnisse geradezu durch schöne statistische Kurven in ihrer Massenverteilung über die ganze Stadt darstellen ließen. Niemals aber sagt ein lebendiger Mensch zu einem anderen »Du kannst mich erlösen!« oder »Sei mein Erlöser!« Man kann ihn an einen Baum binden und hungern lassen; man kann ihn nach monatelangem vergeblichem Werben zusammen mit seiner Geliebten auf einer unbewohnten Insel aussetzen; man kann ihn Wechsel[44] fälschen und einen Retter finden lassen: alle Worte der Welt werden sich in seinem Mund überstürzen, aber bestimmt wird er nicht, solange er wahrhaft bewegt ist, erlösen, Erlöser oder Erlösung sagen, obgleich sprachlich gar nichts dagegen einzuwenden wäre.

[...] Seine [General Stumm von Bordwehrs] erste Ansicht war, dass es einfach zu der sprachwissenschaftlich nicht ganz durchleuchteten Gruppe der »geschwollenen Worte« gehöre. Das sagte ihm sein natürlicher Soldatensinn; aber abgesehen davon, dass dieser durch Diotima verwirrt worden, – denn Stumm hatte doch das Wort Erlösen zum ersten Mal aus ihrem Mund gehört und war sehr entzückt gewesen, und heute noch war das Wort von dieser Seite her, trotz der Artillerievorlage, von einem holden Zauber umweht, so dass also des Generals erste Ansicht eigentlich schon die zweite seines Lebens war! – schien die Theorie der Wortgeschwulst auch aus einem anderen Grund nicht zu stimmen: man

44 Wertpapiere.

brauchte die Individuen der Wortgruppe Erlösen ja bloß mit einem kleinen, liebenswürdigen Mangel an Ernst auszustatten, so kamen sie augenblicklich spielend über die Zunge. »Du hast mich wirklich erlöst!« oder dergleichen: wer würde das nicht schon gesagt haben, sofern dem bloß zehn Minuten ungeduldigen Wartens oder eine andere Unannehmlichkeit von ebenso kleinem Format vorangegangen ist? Und dadurch wurde dem General klar, dass es gar nicht so sehr die Worte sind, woran der gesunde Sinn Anstoß nimmt, als der durch sie unglaubwürdig versicherte Ernst des Zustandes. Und wirklich, wenn Stumm sich fragte, wo er, außer bei Diotima und in der Politik, schon von Erlösen habe reden hören, so war das in Kirchen und Kaffeehäusern geschehn, in Kunstzeitschriften und in den Büchern von Arnheim, die er mit Bewunderung gelesen hatte. Es wurde ihm auf diese Art deutlich, dass es nicht ein natürliches, einfaches und menschliches Geschehen ist, was mit solchen Worten ausgedrückt wird, sondern irgendeine abstrakte und allgemeine Verwicklung; Erlösen und nach Erlösung Bangen ist auf jede Weise anscheinend etwas, das nur einem Geist von einem anderen Geist angetan werden kann.

Robert Musil, Zeichnung von Friedrich Feigl, 1920.

III

LIEBESFREUD UND LIEBESLEID – »Man kann wahrscheinlich auf Erden nicht vollkommen lieben!«

[Maßloses Lieben]

Dunkel entsann sie [Diotima] sich eines Gesprächs mit Ulrich über »maßloses Lieben«, das bei ihrem letzten oder vorletzten Beisammensein noch eine Fortsetzung gefunden hatte, worin sie sich verschwor, dass die Seelen aus dem Gefängnis des Leibes hervortreten könnten, oder sich wenigstens sozusagen mit halbem Körper hinausbeugen, und Ulrich hatte ihr darauf zur Antwort gegeben, dies seien Delirien des Liebeshungers und sie möge doch Arnheim oder ihm oder irgendwem irgendein »Gewähren« gewähren; sogar Tuzzi hatte er in solchem Zusammenhang genannt, auch das kam ihr nun wieder ins Gedächtnis: an Vorschläge von dieser Art erinnert man sich eben wohl leichter als an das Übrige, was ein Mensch wie Ulrich redet. Und wahrscheinlich hatte sie es mit Recht damals als eine Frechheit empfunden; aber da vergangener Schmerz im Vergleich mit gegenwärtigem ein harmloser alter Freund ist, genoss es heute des Vorzugs, eine kameradschaftlich-vertraute Erinnerung zu sein. Diotima schlug also die Augen wieder auf und sagte: »Man kann wahrscheinlich auf Erden nicht vollkommen lieben!«

[Frauen und Männer]

[Es] war […] so gekommen, dass sie [Bonadea][1] bald von der schutzbereiten Diotima als deren Schülerin in solchen Fragen[2] angenommen und behandelt wurde. Das geschah nach dem pädagogischen Grundsatz, zu lernen, indem man lehrt, und verhalf einesteils Diotima andauernd dazu, aus den vorläufig noch recht ungeordneten und ihr selbst unklaren Eindrücken ihrer neuen Belesenheit etwas herauszufinden, wovon sie felsenfest überzeugt war, – geleitet von dem glücklichen Geheimnis der »Intuition«, dass man ins Schwarze trifft, wenn man ins Blaue redet; andernteils geriet aber auch Bonadea dabei in einen Vorteil, der ihr jene Rückwirkung ermöglichte, ohne die der Schüler selbst für den besten Lehrer unfruchtbar bleibt: ihr reiches praktisches Wissen bedeutete, wenn sie auch vorsichtig damit zurückhielt, für die Theoretikerin Diotima eine ängstlich beobachtete Erfahrungsquelle, seit die Gattin des Sektionschefs Tuzzi darangegangen war, an Hand der Bücher die Entwicklung ihrer Ehe zu berichtigen. »Schau, ich bin ja sicher viel weniger gescheit als sie«, erläuterte es Bonadea, »aber oft stehen in ihren Büchern Sachen, von denen selbst ich keine Ahnung gehabt hab, und das macht sie manchmal so verzagt, dass sie mit Bedauern

1 Figur aus dem *Mann ohne Eigenschaften*, eine ›Zufallsgeliebte‹ Ulrichs; tritt zu Anfang des Romans als seine Geliebte auf.

2 nach dem Wesen der männlichen und weiblichen Sexualität.

sagt: ›Das lässt sich eben nicht am grünen Tisch des Ehebetts entscheiden, sondern dazu gehört leider eine große, am lebenden Material geschulte Sexualerfahrung und Sexualpraxis!‹«

»Aber, um Himmels willen«, rief Ulrich aus, den das Lachen schon bei der Vorstellung überwältigte, dass sich seine keusche Kusine in die »Sexualwissenschaft« verirrt habe, »was will sie denn eigentlich?«

Bonadea sammelte ihre Erinnerungen an die glückliche Verbindung der wissenschaftlichen Interessen der Zeit mit einer gedankenlosen Ausdrucksweise. »Es handelt sich um die beste Ausbildung und Verwaltung ihres Sexualtriebes«, entgegnete sie dann im Geist ihrer Lehrerin. »Und sie vertritt die Überzeugung, dass der Weg zu einer beschwingten und harmonischen Erotik durch härteste Selbsterziehung führen muss.«

»Ihr erzieht euch mit Bedacht? Und noch dazu aufs härteste!? Du sprichst ja großartig!«, rief Ulrich abermals aus. »Aber sei so freundlich, mir zu erklären, wozu sich Diotima erzieht?«

»In erster Linie erzieht sie natürlich ihren Mann!«, verbesserte ihn Bonadea.

»Der Arme!«, dachte Ulrich unwillkürlich und bat: »Also möchte ich dann wissen, wie sie das macht: Sei doch nicht auf einmal zurückhaltend!«

Wirklich fühlte sich Bonadea bei diesen Fragen durch Ehrgeiz gehemmt wie ein Vorzugsschüler im Examen. »Ihre Sexualatmosphäre ist vergiftet«, erklärte sie vorsichtig. »Und wenn sie diese Atmosphäre retten soll, so geht das nur noch so, dass Tuzzi und sie ihr Handeln auf das sorgfältigste überprüfen. Es gibt da keine allgemeinen Regeln. Man muss sich bemühen, den anderen in seinen Lebensreaktionen zu beobachten. Und um richtig beobachten zu können, muss man eine gewisse Einsicht in das Geschlechtsleben haben. Man muss die praktisch erworbene Erfahrung mit dem Niederschlag theoretischer Forschung vergleichen können, sagt Diotima. Es gibt eben heute eine neue, veränderte Einstellung der Frau zum sexuellen Problem: sie verlangt vom Mann nicht nur ein Tun, sondern ein Tun aus richtiger Erkenntnis des Weiblichen verlangt sie!« […]

»Eine harte Zeit ist für eure Männer angebrochen!«, neckte sie Ulrich.

Bonadea lachte, und er merkte daran, wie froh sie wäre, gelegentlich dem drückenden Ernst ihrer Liebesschule entwischen zu können.

[…] Er machte den vertraulichen Einwand, dass dem Vernehmen nach der Fehler der beiden in Mitleidenschaft gezogenen Ehemänner bisher doch eher in einem zu großen »erotischen Gehalt« bestanden haben solle.

»Ja, du denkst eben auch immer nur das!«, belehrte ihn Bonadea und begleitete es mit einem Blick, dessen lange Spitze am Ende ein Häkchen hatte, was man ganz gut als Bedauern über ihre gewonnene Unschuld auslegen konnte. »Du missbrauchst ja auch den physiologischen Schwachsinn des Weibes!«

»Was missbrauche ich? Da hast du ja ein prächtiges Wort für die Geschichte unserer Liebe gefunden!«

Bonadea gab ihm eine kleine Ohrfeige und ordnete mit nervösen Fingern vor dem Spiegel ihr Haar. Aus dem Glas ihn anblickend, sagte sie: »Das ist aus einem Buch!«

»Natürlich. Aus einem sehr bekannten.«

»Aber Diotima bestreitet das. Sie hat in einem anderen Buch etwas gefunden; das heißt: ›Die physiologische Minderwertigkeit des Mannes‹. Dieses Buch ist von einer Frau geschrieben. Glaubst du, dass es wirklich eine so große Rolle spielt?«

»Ich ahne nicht, was, und kann keinen Ton antworten!«

»Also gib acht! Diotima geht von einer Entdeckung aus, die sie ›die ständige Lustbereitschaft der Frau‹ nennt. Du kannst dir darunter etwas vorstellen?«

»Bei Diotima nicht!«

»Sei nicht so unfein!«, tadelte ihn seine Freundin. »Diese Theorie ist sehr delikat, und ich muss mich bemühen, sie dir so zu erklären, dass du keine falschen Schlüsse aus dem Umstand ziehst, dass ich dabei mit dir allein in deiner Wohnung bin. Also diese Theorie beruht darauf, dass eine Frau auch dann geliebt werden kann, wenn sie nicht will. Verstehst du jetzt?«

»Ja.«

»Das lässt sich leider auch nicht leugnen. Hingegen soll der Mann sehr oft, auch wenn er lieben will, nicht können. Diotima sagt, dass das wissenschaftlich bewiesen sei. Glaubst du das?«

»Es soll vorkommen.«

»Ich weiß nicht?«, zweifelte Bonadea. »Aber Diotima sagt, wenn man das im Licht der Wissenschaft betrachtet, so versteht es sich von selbst. Denn im Gegensatz zur beständigen Lustbereitschaft der Frau ist der Mann, also kurz gesagt, des Mannes männlichster Teil, sehr leicht einzuschüchtern.« Ihr Gesicht war bronzefarben, als sie es jetzt vom Spiegel abwandte.

»Mich wundert das von Tuzzi«, meinte Ulrich ablenkend.

»Ich glaube auch nicht, dass das früher so war«, sagte Bonadea, »sondern das kommt als eine nachträgliche Bestätigung von der Theorie, weil sie ihm die alle Tage vorhält. Sie nennt das die Theorie des ›Fiasko‹. Denn weil der männliche Keimträger so leicht dem Fiasko verfällt, fühlt er sich nur dort sexuell sicher, wo er keine wie immer geartete seelische Überlegenheit der Frau zu befürchten hat, und darum haben Männer fast nie den Mut, es mit einer menschlich gleichwertigen Frau aufzunehmen. Zumindest versuchen sie gleich, sie niederzudrücken. Diotima sagt, dass das Leitmotiv aller männlichen Liebeshandlungen, und besonders das der männlichen Überheblichkeit, die Angst ist. Große Männer zeigen sie; damit meint sie den Arnheim. Kleinere verschleiern sie hinter brutaler körperlicher Anmaßung und missbrauchen das Seelenleben der Frau: damit meine ich dich! Und sie den Tuzzi. Dieses gewisse ›Augenblicklich – oder nie!‹ womit ihr uns so oft zu Fall bringt, ist nur eine Art Überkomp–«, Kompresse wollte sie sagen, »Kompensation«, half Ulrich aus.

»Ja. Damit entzieht ihr euch dem Eindruck eurer körperlichen Minderwertigkeit!«

[Entzauberung]

Sie [Bonadea] dachte an Diotima. Allmählich kamen ihr Worte in den Sinn, ganze Sätze und Bruchstücke von Sätzen, meist aber nur das Gefühl der Genugtuung über ihr Dasein, wenn solche unverständliche und unerinnerbare Worte wie Hormone, Glandeln, Chromosome, Zygoten oder innere Sekretion an ihrem Ohr in ganzen Gesprächen vorbeirauschten. Denn die Keuschheit ihrer Lehrerin kannte keine Grenzen, sobald diese durch wissenschaftliche Beleuchtung verwischt wurden. Diotima war imstande, vor ihren Zuhörern zu sagen: »Das Geschlechtsleben ist kein zu erlernendes Handwerk, es soll uns immer die höchste Kunst bleiben, die zu erlernen uns im Leben gegeben ist!«, aber dabei ebenso wenig Unwissenschaftliches zu fühlen, wie wenn sie im Eifer von einem »heranzuziehenden« oder einem »schweren Punkt« sprach. Und an solche Ausdrücke erinnerte sich ihre Schülerin nun mit Genauigkeit. Kritische Beleuchtung der Umarmung, körperliche Klärung der Lage, reizbare

Zonen, Weg zur Höchstbeglückung der Frau, gut disziplinierte, auf ihre Partnerin achtsame Männer …: Bonadea war sich vor ungefähr einer Stunde von diesen wissenschaftlichen, geistigen und hochvornehmen Ausdrücken, die sie sonst bewunderte, auf das gemeinste betrogen vorgekommen. Sie hatte zu ihrer Überraschung erst mit Bewusstsein bemerkt, dass diese Worte nicht nur für die Wissenschaft, sondern auch für das Gefühl eine Bedeutung haben, als aus deren unbeaufsichtigter Gefühlsseite schon die Flammen züngelten. Sie hatte da Diotima gehasst. »Über so etwas so zu reden, dass man alle Lust daran verlieren muss!«, hatte sie gedacht, und unter grässlichen Rachegefühlen war es ihr nicht anders erschienen, als dass Diotima, die selbst vier Männer habe, ihr gar nichts gönne und sie auf diese Weise hinters Licht führe. Ja, Bonadea hatte die Aufklärung, durch deren Hilfe die Sexualwissenschaft mit den dunklen Geschlechtsvorgängen aufräumt, wahrhaftig für ein Ränkespiel Diotimas gehalten. Sie konnte das jetzt ebenso wenig verstehen wie das leidenschaftliche Verlangen nach Ulrich. Sie suchte sich die Augenblicke zu vergegenwärtigen, wo alle ihre Gedanken und Empfindungen ins Rasen geraten waren: ähnlich unverständlich mag sich ein Verblutender vorkommen, wenn er an die Ungeduld zurückdenkt, die ihn verleitet hat, den schützenden Verband abzureißen! […] Bei solchen Erinnerungen schwur sich Bonadea, dass sie nie wieder die Beute eines dieser jäh auftretenden Stürme sein wolle, die Oben und

Unten zusammenschlügen, und sie schwor sich das so lebhaft zu, dass sie sich schon, sofern sie nur streng bei ihren Vorsätzen bliebe, im Geist und ohne körperliche Bestimmtheit als die Geliebte des feinsten aller Männer sah, den sie sich aus den Verehrern ihrer großen Freundin heraussuchen wollte. Da es aber vorläufig nicht zu leugnen war, dass sie noch in wenig bekleidetem Zustand im Bette Ulrichs lag, ohne die Augen öffnen zu wollen, ging dieses reichhaltige Gefühl einer willigen Zerknirschung, statt sich weiter ins Tröstliche zu entwickeln, in einen jämmerlichen und aufreizenden Ärger über.

[Tugend und äußere Erscheinung]

Wohl kann man es als eine allgemeine Erfahrung hinnehmen, dass Frauen, die übergroße Sorgfalt auf ihr Aussehen verwenden, verhältnismäßig tugendhaft sind, denn das Mittel verdrängt dann den Zweck, genauso wie große Sporthelden oft schlechte Liebhaber abgeben, gar zu martialisch aussehende Offiziere schlechte Soldaten und besonders durchgeistigte Männerköpfe manchmal sogar Dummköpfe sind; aber bei Bonadea handelte es sich nicht nur um diese Frage der Energieverteilung, sondern sie hatte sich mit einer ganz überraschenden Übererergiebigkeit ihrem neuen Leben zugewandt. Sie zog mit der Liebe eines Malers ihre Augenbrauen nach, emaillierte sich ein wenig an Stirn und Wangen, so dass diese aus dem Naturalismus zu jener leichten Überhöhung und Entfernung von der Wirklichkeit gelangten, die dem sakralen Stil eigentümlich ist, der Körper wurde im weichen Korsett zurechtgerüttelt, und für die großen Brüste, die ihr sonst immer etwas hinderlich und beschämend, weil allzu weiblich vorgekommen waren, empfand sie mit einem Mal eine schwesterliche Liebe. Ihr Gatte war nicht wenig erstaunt, wenn er sie mit dem Finger am Hals kitzelte und zur Antwort bekam: »Zerstöre doch nicht meine Frisur!« oder wenn er fragte: »Willst du mir denn nicht die Hand geben?!«, und sie antwortete: »Unmöglich, ich habe mein neues Kleid an!« Aber die Kraft der Sünde hatte sich gleichsam aus den Scharnieren gelöst, in denen sie der Körper gefangen hält, und wanderte wie ein frühlingshaftes Gestirn in der verklärten neuen Welt einer Bonadea umher, die sich unter dieser ungewohnten und mild verdünnten Art der Bestrahlung von ihrer »Überreizung« befreit fühlte, als ob ein Schorf von ihr abgefallen wäre. Zum ersten Mal, seit sie verheiratet waren, fragte sich ihr Ehemann misstrauisch, ob nicht ein Dritter seinen häuslichen Frieden störe.

[Eheleben und Leidenschaft]

Ihrem Charakter nach hätte Diotima offen mit ihrem Gatten reden müssen; aber es gab nichts, was sie ihm sagen konnte. Liebte sie Arnheim? Ihrer Beziehung zu ihm konnte man so viele Namen geben, dass dieser sehr triviale ausnahmsweise auch unter ihren Gedanken vorkam. Sie hatten sich noch nicht einmal geküsst, und äußerste Umarmungen der Seelen würde Tuzzi nicht verstehen, auch wenn sie ihm gebeichtet würden. Diotima wunderte sich zuweilen selbst darüber, dass nicht mehr Erzählbares zwischen ihr und Arnheim vor sich ging. Aber sie hatte niemals die Gewohnheit des braven, jungen Mädchens, das zu älteren Männern ehrgeizig aufblickt, ganz abgelegt, und sie hätte sich eher noch mit ihrem Vetter, der ihr jünger vorkam, als sie es selbst war, und von ihr ein wenig verachtet wurde, wenn nicht handgreifliche, so doch erzählerisch greifbare Vorgänge vorstellen können als mit dem Mann, den sie liebte und der es so sehr zu würdigen wusste, wenn sie ihre Gefühle in allgemeine Betrachtungen von großer geistiger Höhe auflöste. Diotima wusste, dass man in grundstürzende Veränderungen der Lebensumstände hineintaumeln und zwischen seinen neuen vier Wänden erwachen muss, ohne sich recht erinnern zu können, wie man hineingekommen ist, aber fühlte sich Einflüssen ausgesetzt, die sie wachsam erhielten. […] Dass ihr Geliebter[3] ein Preuße war, verwirrte Diotimas Herz zu allem anderen also auch noch mit Schrecknissen, von denen sie sich keine rechte Vorstellung machen konnte, und es war wohl nicht ganz unberechtigt, wenn sie die-

3 gemeint ist Arnheim.

sen unentschlossenen Zustand, der sich so deutlich von der einfachen Derbheit des Ehelebens unterschied, Leidenschaft nannte.

[»Das sexuelle Problem«]

Der Ruf der Mannstollheit [Bonadeas], der von Ulrich im Ärger leichtfertig preisgegeben worden war, hatte in seiner Kusine [Diotima] eine unbegrenzte Wirkung erregt. Sie hatte die Neuangekommene, indem sie sie als eine in nicht näher bestimmter Weise für die Wohlfahrt der Menschen tätige Dame ihren Gesellschaften zuzog, einige Mal im Verborgenen beobachtet, und dieser Eindringling mit Augen wie weiches Löschpapier, die das Bild ihres Hauses aufsogen, war ihr nicht nur ausgemacht unheimlich gewesen, sondern hatte in ihr auch ebenso viel weibliche Neugierde wie Grauen erregt. Um die Wahrheit zu sagen, wenn Diotima das Wort »Lustseuche« aussprach, hatte sie ähnlich ungewisse Empfindungen, wie wenn sie sich das Treiben ihrer neuen Bekannten vorstellte, und sie erwartete mit unruhigem Gewissen von einem Mal zum andern ein unmögliches Benehmen und Schmach und Schande. Bonadea gelang es aber, dieses Misstrauen durch ihr ehrgeiziges Verhalten zu mildern, das der besonders wohlerzogenen Aufführung ungeratener Kinder in einer Umgebung entsprach, die ihren sittlichen Wetteifer weckt. Sie vergaß sogar darüber, dass sie auf Diotima eifersüchtig sei, und diese bemerkte mit Staunen, dass ihr beunruhigender Schützling ebenso für das Ideale eingenommen sei wie sie selbst. Denn da war »die gestrauchelte Schwester«, wie sie nun hieß, schon zum Schützling geworden, und bald wandte ihr Diotima eine besonders tätige Teilnahme zu, weil sie sich durch ihre eigene Lage dazu gebracht fühlte, in dem würdelosen Geheimnis der Mannstollheit eine Art weiblichen Damoklesschwertes zu sehn, von dem sie sagte, dass es an einem dünnen Faden selbst über dem Haupte einer Genoveva[4] schweben könne. »Ich weiß, mein Kind«, belehrte sie tröstend die ungefähr gleichaltrige Bonadea, »es ist nichts so tragisch wie einen Menschen zu umarmen, von dem man nicht innerlich überzeugt ist!«, und küsste sie mit einem Aufwand an Mut auf den unkeuschen Mund, der hingereicht hätte, ihre Lippen zwischen die blutrünstigen Bartstacheln eines Löwen zu pressen.

Die Lage, in der sich Diotima damals befand, war aber die zwischen Arnheim und Tuzzi: eine waagrechte Lage, ließe sich bildhaft sagen, auf die der eine zu viel, der andere zu wenig Gewicht legte. Bei seiner Rückkunft hatte ja selbst Ulrich seine Kusine noch mit einer

4 Genoveva gab, so die Sage, nachdem ihr Mann in einen Krieg gezogen war, nicht den Werbungen eines anderen Mannes nach, sondern floh in den Wald, lebte in einer Höhle und zog dort ihr Kind auf: Nahrung spendete eine heilige Hirschkuh, die durch die Muttergottes Maria gesandt worden sein soll.

Kopfbinde und gewärmten Tüchern angetroffen;[5] aber diese weiblichen Plagen, deren Stärke sie ahnend als den Einspruch ihres Körpers gegen die widerspruchsvollen Anleitungen begriff, die er von der Seele erhielte, hatten in Diotima auch jene edle Entschlossenheit wachgerufen, die ihr eigen war, sobald sie nicht so sein wollte wie jede andere Frau. Es war anfangs freilich fraglich, ob diese Aufgabe von der Seele durch eine Veränderung des Verhaltens gegen Arnheim oder gegen Tuzzi zu beantworten sei; aber das entschied sich mit Hilfe der Welt, denn während ihr die Seele und deren Liebesrätsel wie ein Fisch entschlüpften, den man in der bloßen Hand halten will, fand die suchende Leidende zu ihrer Überraschung reichlichen Rat in den Büchern des Zeitgeistes, als sie sich zum ersten Mal entschlossen hatte, ihr Schicksal am körperlichen anderen Ende anzupacken, das durch ihren Gatten dargestellt wurde. Sie hatte nicht gewusst, dass unsere Zeit, der sich vermutlich der Begriff der Liebesleidenschaft entrückt hat, weil er eher ein religiöser als ein sexueller ist, es als kindisch verschmäht, sich noch mit der Liebe zu beschäftigen, dafür aber ihre Anstrengungen an die Ehe wendet, deren natürliche Vorgänge sie in allen Abwandlungen mit frischer Ausführlichkeit untersucht. Schon damals waren viele jener Bücher entstanden, die mit dem reinen Sinn eines Turnlehrers von den »Umwälzungen im Ge-

5 anscheinend ein Migräneanfall.

schlechtsleben« sprechen und den Menschen dazu verhelfen wollen, verheiratet und dennoch vergnügt zu sein. In diesen Büchern hießen Mann und Frau nur noch »der männliche und der weibliche Keimträger« oder auch »die Geschlechtspartner«, und die Langweile, die zwischen ihnen durch allerhand geistig-körperliche Abwechslung vertrieben werden sollte, taufte man »das sexuelle Problem«. Als Diotima in diese Literatur eindrang, krauste sich ihr erst die Stirn, dann aber glättete sich diese; denn es war ein Stoß in den Ehrgeiz, dass ihr eine beginnende große Bewegung des Zeitgeistes bisher entgangen sei, und endlich fasste sich die Hingerissene an die Stirn vor Staunen darüber, dass sie es wohl verstanden habe, der Welt ein Ziel zu schenken (wenn auch noch immer nicht entschieden war, welches), aber noch nie darauf gekommen sei, dass man auch die entnervenden Unannehmlichkeiten der Ehe mit geistiger Überlegenheit behandeln könne. Diese Möglichkeit entsprach sehr ihren Neigungen und gab ihr plötzlich die Aussicht, das Verhältnis zu ihrem Gatten, das sie bisher nur als ein Leiden empfunden hatte, als eine Wissenschaft und Kunst zu behandeln.

[Die Liebe in der Zukunft]

»Die Liebe ist ursprünglich ein einfacher Annäherungstrieb und Greifinstinkt. Man hat sie in die zwei Pole Herr und Dame zerlegt, mit irrsinnigen Spannungen, Hemmungen, Zuckungen und Ausartungen, die dazwischen entstanden sind. Wir haben von dieser aufgeschwollenen Ideologie heute genug, die fast schon so lächerlich ist wie eine Gastrosophie[6]. Ich [Ulrich] bin überzeugt, die meisten würden es gern sehn, wenn diese Verbindung eines Hautreizes mit dem gesamten Menschentum wieder rückgängig gemacht werden könnte, Agathe[7]! Und bald oder später kommt ein Zeitalter schlichter sexueller Kameradschaft herauf, wo Knabe und Mädchen einträchtig-verständnislos vor einem alten Haufen zerbrochener Triebfedern stehen werden, die früher Mann und Frau gebildet haben!«

»Wenn ich dir nun aber sagen wollte, dass Hagauer[8] und ich Pioniere dieses Zeitalters gewesen sind, würdest du es mir wieder verübeln!«, entgegnete Agathe mit einem Lächeln, so herb wie guter ungezuckerter Wein.

»Ich verüble nichts mehr«, sagte Ulrich. Er lächelte. »Ein Krieger aus dem Harnisch geschnallt! Zum ersten Mal seit undenklicher Zeit fühlt er die Luft der Natur

6 aus den griech. Begriffen für Bauch und Weisheit, ungefähr: Diätetik zur Selbstvervollkommnung.
7 Ulrichs Schwester.
8 Agathes Ehemann.

statt gehämmerten Eisens auf der Haut und sieht seinen Leib so müd und zart werden, dass ihn die Vögel davontragen könnten!«, beteuerte er.

Und so lächelnd, einfach vergessend, damit aufzuhören, betrachtete er seine Schwester, wie sie auf der Kante eines Tisches saß und das in einen schwarzen Seidenstrumpf gekleidete Bein pendeln ließ; sie hatte außer dem Hemd nichts an als ein kurzes Höschen: es waren das aber gleichsam von ihrer Bestimmung losgelöste und bildhaft-einzeln gewordene Eindrücke. »Sie ist mein Freund und stellt mir entzückend eine Frau vor«, dachte Ulrich. »Welche realistische Verwicklung, dass sie wirklich eine ist!«

Und Agathe fragte: »Gibt es wirklich keine Liebe?«

»Doch!«, sagte Ulrich. »Aber sie ist ein Ausnahmefall. Man muss das trennen: Da ist erstens ein körperliches Erlebnis, das zur Klasse der Hautreize gehört; das lässt sich auch ohne moralisches Zubehör, ja ohne Gefühl, als reine Annehmlichkeit wachrufen. Dann sind, zweitens, gewöhnlich Gemütsbewegungen vorhanden, die sich allerdings mit dem körperlichen Erlebnis heftig verbinden, aber doch nur so, dass sie mit geringen Abweichungen bei allen Menschen die gleichen sind; diese Hauptaugenblicke der Liebe möchte ich in ihrer zwangsläufigen Gleichheit immer noch eher zum Körperlich-Mechanischen als zur Seele rechnen. Endlich ist aber da auch das eigentlich seelische Erlebnis des Liebens: bloß hat es mit den beiden anderen Teilen gar nicht notwendig zu tun. Man kann Gott lieben, man kann die Welt lieben; ja vielleicht kann man überhaupt nur Gott oder die Welt lieben. Jedenfalls ist es nicht nötig, dass man einen Menschen liebt. Tut man es aber, reißt das Körperliche die ganze Welt an sich, so dass sie sich gleichsam umstülpt –« Ulrich unterbrach sich.

Agathe war dunkelrot geworden.

Wenn Ulrich seine Worte mit der Absicht so geregelt und gesetzt hätte, die mit ihnen unvermeidlich verbundenen Vorstellungen des Liebesvorgangs scheinheilig Agathe zu Ohr zu bringen, er würde seinen Willen verwirklicht haben.

Er suchte nach einem Streichholz, nur damit die unbeabsichtigt entstandene Beziehung durch irgendeine Störung wieder unterbrochen werde. »Jedenfalls«, sagte er, »ist Liebe, wenn das Liebe ist, ein Ausnahmefall, und kann nicht das Muster für das alltägliche Geschehen abgeben.«

[Grenzen der Liebe]

[Ulrich]: »[…] wenn man schon einen anderen lieben muss wie sich selbst, und liebt ihn noch so sehr, bleibt es doch eigentlich Betrug und Selbstbetrug, weil man einfach nicht mitfühlen kann, wie ihn der Kopf schmerzt oder der Finger. Es ist etwas völlig Unerträgliches, dass man an einem Menschen, den man liebt, nicht wirklich teilnehmen kann, und es ist etwas völlig Einfaches. So ist die Welt eingerichtet. Wir tragen unser Tierfell mit den Haaren nach innen und können es nicht ausstreifen. Und diesen Schreck in der Zärtlichkeit, diesen Alptraum der steckenbleibenden Annäherung, den erleben die regelrecht guten, die ›kurz und guten‹ Menschen nie. Was sie ihr Mitgefühl nennen, ist sogar ein Ersatz dafür, der zu verhindern hat, dass sie etwas vermissen! [...]

Man liebt einen Menschen, weil man ihn kennt und weil man ihn nicht kennt; und man kennt ihn, weil man ihn liebt, und kennt ihn nicht, weil man ihn liebt. Und manchmal steigert sich das so, dass es fühlbar wird. Das sind dann die bekannten Augenblicke, wo Venus durch Apoll und Apoll durch Venus auf einen leeren Haubenstock blicken und sich höchlich darüber verwundern, dass sie vorher dort etwas anderes gesehen haben. Ist weiterhin die Liebe stärker als das Erstaunen, so kommt es zu einem Kampf zwischen diesen beiden, und manchmal geht daraus die Liebe – wenngleich verzweifelt, erschöpft und unheilbar verwundet – als Siegerin hervor. Ist sie aber nicht so stark, so kommt es zu einem Kampf zwischen den Personen; zu Beleidigungen, die es wieder gutmachen sollen, dass man der Einfältige gewesen sei, zu fürchterlichen Einbrüchen der Wirklichkeit, zu Entehrungen bis ins Letzte –

Robert Musil an seinem Schreibtisch.

IV

MENSCHLICHES UND TIERISCHES – Die einfachen und die ersten Dinge des Lebens

Mädchen und Helden

Wie schön seid ihr, Dienstmädchen mit den Bauernbeinen und den ruhigen Augen, von denen man nicht weiß, wundern sie sich über alles oder über nichts?! Ihr führt den Hund der Herrschaft an der Leine wie die Kuh am Strick. Denkt ihr daran, dass jetzt im Dorf die Glocken läuten, oder denkt ihr daran, dass jetzt das Kino beginnt? Sicher ist es nur, ihr fühlt auf eine geheimnisvolle Weise, dass mehr Männer zwischen zwei Ecken der Stadt leben als auf dem ganzen Land, und ihr geht in jedem Augenblick durch diese Männlichkeit, wenn sie euch auch nicht gehört, wie durch ein Kornfeld, das an die Röcke streift.

Aber denkt ihr daran, während eure Augen tun, als wüssten sie nichts, dass es ein Mann ist, den ihr an der Leine führt? Oder bemerkt ihr in keiner Weise, dass Lux ein Mann ist, dass Wolf und Amri Männer sind? Tausend Pfeile durchbohren ihr Herz bei jedem Baum oder Lichtmast. Männer ihres Geschlechts haben als ihr Zeichen den messerscharfen Geruch des Ammoniaks[1]

1 durch ihren Urin bzw. dessen Abbauprodukte, wie Hunde.

hinterlassen, als hätte man Schwerter in einen Baum gestoßen; Kämpfe und Brüderschaften, Heldentum und Neigung, die ganze heroische Welt des Mannes entfaltet sich vor ihrer schnuppernden Vorstellungskraft! Wie heben sie das Bein mit der freien Gebärde eines kriegerischen Grußes oder dem heldischen Schwung eines mit dem Bierglas grüßenden Arms beim Kommers[2]! Mit welchem Ernst verrichten sie ihren Dienst, der ein Trank- und Weiheopfer ist wie nur irgendeines! Und ihr, Mädchen? Verständnislos zieht ihr sie hinter euch drein. Zerrt an der Leine; gönnt ihnen nicht Zeit, ohne euch auch nur umzusehen nach ihnen; achtet ihrer nicht. Es ist ein Anblick, um Steine gegen euch zu erheben.

Brüder! Auf drei Beinen hüpft hinter diesen Mädchen Lux oder Wolf; zu stolz, zu sehr im Stolzesten verletzt, um nach Hilfe zu heulen; keines anderen Protestes fähig, als das vierte Bein eigensinnig, hartnäckig, in verzweifeltem Abschied nicht sinken zu lassen, während ihn die Leine immer weiterreißt. Welche inneren Hundeerkrankungen mögen aus solchen Augenblicken entstehen, welche verzweifelten neurasthenischen[3] Komplexe liegen in ihnen beschlossen! Und die Hauptsache: fühlt ihr seinen traurig kollegialen Blick, den er euch zusendet, wenn ihr an solcher Szene vorbeikommt? er liebt ja auch in seiner Weise die Seele dieser verständnislosen Mädchen. Sie sind nicht herzlos; ihr Herz

2 hochoffizielle Feier, etwa in Studentenverbindungen.
3 vgl. Anm. 17, S. 36.

möchte sich erbarmen, wenn sie wüssten, was vor sich geht. Aber sie wissen es eben nicht. Und sind sie nicht gerade darum so bezaubernd, diese Trägherzigen, weil sie gar nichts von uns wissen? So spricht der Hund. Sie werden niemals unsere Welt verstehn!

[Genialität]

Es ist schon recht lange her, dass man zum ersten Mal in einer Zeitung das Wort »das geniale Rennpferd« hat lesen können, und ich glaube, es ist auf Grund einer Verwahrung[4] geschehen, die ein Rennverein bei dem Sportredakteur damit begründete, dass von manchen Fußballspielern oft gesagt werde, sie seien Genies des »Grünen Rasens«, was den Pferden etwas vorenthalte, das auch ihnen zukäme.

Und dieser Reiterverein hatte recht. Vordem hatte man nur von genialen Entdeckern, Tenören oder Schriftstellern gesprochen; das war in der Zeit, wo man sich noch an einem vagen Idealismus beduselte, ehe man sachlich wurde. Es hat sich dann herausgestellt, dass man gar nicht wusste, ob diese Genies wirklich genial gewesen seien. Wie will man das auch zum Beispiel bei einem Schriftsteller entscheiden?! Alle Schriftsteller haben Rezensionen, worin es ihnen versichert wird. Manche ha-

4 einer Eingabe.

ben mehr davon, aber das beweist, sagen ihre Gegner, geradezu schon ihre Trivialität. Will man also genau sein, so wird wohl nichts übrig bleiben, als den Begriff des Genies psychotechnisch zu normen. Sein Hauptbestandteil ist das Unvergleichliche und dieses lässt sich natürlich auf Geschwindigkeiten, Muskeln, körperliche Treffsicherheit u. dgl. viel eindeutiger anwenden als auf geistige Leistungen. Andere Bestandteile, wie Kampfmut, Genauigkeit der Arbeit, Ehrgeiz, Konzentration, Wendigkeit, richtige Kombinationsgabe vor auftauchenden Hindernissen, das heißt Urteilsfähigkeit und Assoziationsgeschwindigkeit, finden sich in Brust u. Gehirn eines genialen Rennpferdes genau so entwickelt wie in denen eines Dichters. Die eindringende Psychotechnik wird nur einen einzigen Unterschied bestehen lassen: den der Zusammenfassung dieser Fähigkeiten zu der Art der Leistung und der Person. Aber unter den Leistungen sind es heute schon die körperlichen, die fast allen Menschen Vergnügen machen, was man von den geistigen nicht sagen kann, und was die Personen angeht, so hat man sich eben von den menschlichen zu den pferdlichen gewandt, weil man über die ersteren nicht einig werden konnte. Ich glaube, die Pferde werden es bald satthaben, Semiramis und Charlemagne zu heißen, oder höchstens es beibehalten, um einen Pferdekalender zu stiften, nach dem man unserer Enkel benennen kann.

Es ist das Wunderbare, dass man wie ein Pferd ist; aber man soll nicht glauben, dies sei der Übermensch.

[Sport, Tier, Mensch]

Wir hören es nie anders, als dass der Sport menschlich erziehe, worunter ungefähr verstanden wird, dass er seinen Jüngern allerhand hohe Tugenden, wie Freimut, Verträglichkeit, Redlichkeit, Geistesgegenwart, klares und schnelles Denken verleihe. Nun, Sie wissen es: der große Sportsmann ist nicht nur ein Genie, sondern – solange er keine Prozente nimmt – auch ein Heiliger. In Wahrheit würde aber, ebenso ernst genommen, auch jede andere Beschäftigung die gleichen Tugenden verleihn, und was der Sport moralisch noch anderes bewirkt, ist höchstens eine Verfassung gelassener Nettigkeit und Aufmerksamkeit auf sich und andere, wie man sie auch aus den erschlossenen ersten Tagen eines Sommeraufenthalts kennt, und jenes sichere Verhältnis zur Natur, das sich in dem Gefühl äußert, man könnte Bäume ausreißen. Im Sport die Ausbildung höherer moralischer und intellektueller Fähigkeiten zu suchen, kommt von jener veralteten Psychologie, die geglaubt hat, das Tier sei entweder eine Maschine, oder es müsse, wenn es eine Wurst sehe, einen Syllogismus von der Art baun: das ist eine Wurst, alle Würste sind wohlschmeckend, also werde ich jetzt diese Wurst essen. Nun ist das Tier aber weder eine Maschine, noch baut es Syllogismen, noch schließt und urteilt der Mensch in reizvollen Lagen so. Sondern was bei Tier und Mensch stattfindet, ist bei schnellen Handlungen ein geschichtetes Ineinandergreifen von artmäßig und persönlich festgelegten Verhaltensweisen, die beide fast mechanisch auf äußere Reize »ansprechen«, dazu eine vorausgestreckte Aufmerksamkeit, die auf ähnliche Weise das schon bereitstellt, was in der nächsten Phase in Anspruch genommen werden wird, und schließlich ein dauerndes, völlig unbewusstes Anpassen der vorgebildeten Reaktionsformen an das augenblicklich Erforderliche: auch ein Mensch vollführt die verwickeltsten Handlungen *ohne Bewusstsein*, ohne *Geist*, woraus man ja vielleicht auch schließen darf, dass die Rolle des Geistes nicht die ist, eine im Sport zu spielen.

Zum Begriff des Genies

Man hätte nicht sagen sollen, das Genie sei um hundert Jahre seiner Zeit voraus. Es hat die Leute sehr geärgert, das zu hören, und hat sie gegen das Geniale aufgebracht. Auch hat es Narren gezüchtet und unterstützt. Und es ist nicht einmal wahr, wenigstens teilweise nicht; denn gerade die genialen Personen stellen den Geist ihrer Zeit dar, wenn auch wider deren Willen und Wissen. Es wäre wahrscheinlich richtiger und erzieherischer zu sagen, dass der Durchschnitt der Menschen um hundert Jahre hinter seiner Zeit zurück sei.

Zur Männer- und Frauenfrage

Es ist nicht unbedenklich, von der Seele oder der »Psychologie« des Mannes und der Frau zu sprechen, als wären das zwei Seelen und zwei Psychologien. In Wahrheit dürfte kaum ein anderer wirklich gründlicher Unterschied bestehen als der zwischen einer derberen und einer zarteren Gesamtverfassung; wir stammen ja schließlich von Tieren ab, bei denen auch das Weibchen die meisten Tätigkeiten des Mannes beherrscht, wenn selbst in einem eingeschränkten Maße: und die Seele steht in Einklang mit den Tätigkeiten. Aus diesem Grund ist freilich auch zu erwarten, dass sie sich mit ihnen ändert, und die der Frau hat es mehr tun müssen als die des Mannes; aber da sich die Seele nie völlig ändert und nichts ganz aufgibt, darf es eigentlich nicht verwundern, dass die Frau eine natürliche und ursprüngliche Psychologie neben der hat, die ihr später zuteilgeworden ist, man möchte fast sagen, eine wirkliche neben ihrer angeblichen. Eine Frau zum Beispiel von Herzen fluchen zu hören, wirkt abstoßend; aber manchmal kann es rührend natürlich sein, namentlich wenn sie sich nicht beobachtet weiß und mit ihrem Schöpfer allein ist.

[Erinnerung]

Man braucht nicht sehr lange gelebt zu haben, so erinnert man sich schon an Erlebnisse, die es nicht mehr gibt.

In meiner Kindheit wiederholte sich oft ein fremdartiger Vorgang: Eine Frau hält einen Fisch fest, der sich in ihrer Hand windet, während sie ihm mit der anderen Hand den Bauch aufschlitzt. In meiner Erinnerung sind das immer große Frauen, in deren Gesicht und ruhigem Busen sich Gutmütigkeit und Duldsamkeit ausdrücken, und sie tragen eine weiße Schürze. Das gibt es heute nicht mehr. Sollte heute überhaupt noch das Gleiche in der Küche vorgehen, so würden die Frauen mager sein, mit kurzem Haar, kurzen Röcken und knabenhaften Bewegungen; mit einem Wort, es würde gar nicht mehr das Gleiche geschehen. Ihr Gesicht könnte höchstens den Ausdruck eines Knaben haben, der ein Tier quält. Ich glaube nicht, dass ein solches Bild so töricht und unverständlich das Herz zusammenzupressen vermöchte, wie es noch vor zwanzig Jahren geschah.

Ich weiß, dass diese alte Erinnerung heute als ein bezeichnender Ausdruck der kindlichen Sexualität erklärt werden würde, in dem sich das Begehren nach der mütterlichen Frau mit einer Ahnung schlüpfrigen Abscheus und den vernichtenden Gefühlen des Tabus, der Autorität und der eigenen Kleinheit vereint. Aber wenn Schopenhauer die Psychoanalyse schon gekannt hätte, so würde er ihr entgegengehalten haben, dass dieses grausame, aus Insuffizienz[5] und Begehren gemischte knabenhafte Lustgefühl nicht einen frühen, bis auf Spuren wieder verschwindenden Masochismus bedeutet, sondern eine Ahnung von der wahren Gestalt der Liebe. »Überwinde das Geheimnis« – würde er gesagt haben – »und schließe das Buch der Liebe, so wirst du bemerken, dass nichts darin stand als immer wieder dieses eine Bild. Das Bild, wo du, freiwillig Unfreiwilliger, dich in der Hand eines ahnungslosen Frauenzimmers windest, das dich festhält und dir ein Stück jener großen, schrecklichen, glücklichen Einbildung ausweidet, von der schon alle ihre Vorgängerinnen gezehrt haben.« – Er war ein Liebeshasser, dieser große Schriftsteller, und drückte sich bloß deshalb als Frauenhasser aus, weil er ein Mann war.

[Die neue Frau]

Das, was man die neue Frau nennt, ist ein etwas verwickeltes Wesen; sie besteht mindestens aus einer neuen Frau, einem neuen Mann, einem neuen Kind und einer neuen Gesellschaft. Ich muss gestehen, dass ich mir das hätte überlegen sollen, ehe ich die Aufgabe übernahm, über sie zu schreiben; dabei ist es nicht einmal ganz sicher, ob es die neue Frau wirklich gibt oder ob sie sich nur vorübergehend dafür hält.

5 Unvermögen.

Ich werde also nur einige ausgewählte Fragen berühren können, für die ich besonderes Interesse habe, und dazu gehört seit je die veraltete Frau; deutlicher gesagt ist es in diesem besonderen Fall die zuletzt, in unserer, der meisten heute lebenden Menschen Mitte veraltete. Sie ist in einer wichtigen Frage konsequenter gewesen als die neue: sie war vom Hals bis zu den Sohlen eingehüllt, während die neue erst teilweise nackt ist. Man frage einen sechzigjährigen Herrn nach seinen Jugenderinnerungen, so wird er erklären, dass sich heute die Frau weder anziehen, noch ausziehen kann, und es ist etwas Wahres daran, worüber man sich nicht durch die Wiedergabe alter Modebilder täuschen lassen darf, auf denen die Frauen so unverständlich lächerlich aussehen, dass einem die Gegenwart, mit Verlaub zu sagen, als ein Wunder der Neuzeit vorkommt. Das sind Gebilde, aus denen das Leben geflohen ist, Zeitlupenaufnahmen der Liebe, in denen die Form als solche erschreckt, was sie immer tut, wenn sie nicht mehr vom Fluss der Empfindungen umspült wird. Macht man sich jedoch von den gegenwärtigen Vorurteilen los, auch ohne noch sich in die der Vergangenheit zu versetzen, und sieht diese Kleider und Hüte etwa an, wie man es an Barockstatuen gelernt hat, so wird man an ihnen wohl höheren Geschmack vermissen, aber doch eine ungemein große Bewegtheit entdecken. Gerade in ihrer historischen Austrocknung wirken diese gefalteten, gepufften, gerüschten, übereinandergezogenen Kleidermengen als das, was sie sind: eine ungeheuerliche künstliche Vergrößerung der erotischen Oberfläche. Das Kunstwerk, das die Natur macht, indem sie durch das Aus- und Einfalten eines Hautblattes die Formen von Tier und Mensch und die Lockungen der Liebe hervorbringt, ist hier in einer etwas geschmacklosen, aber wirksamen Weise übersteigert worden. Das Kleid der veralteten Frau hatte (wie übrigens auch ihre Sittsamkeit) die Aufgabe, den eindringlichen Wunsch des Mannes aufzufangen und zu verteilen; es verteilte den so einfachen Strahl dieses Wunsches auf eine große Oberfläche (und moralisch auf hunderte Schwierigkeiten), wie man mit einem einzigen Fluss meilenweites Land bewässert, und nach dem Gesetz, das der Lust und dem Willen unter den menschlichen Kräften eine Ausnahmestellung gibt, da sie an Hindernissen nicht weniger, sondern mehr werden, vervielfachte es das Verlangen, bis zu einem geradezu schon lächerlichen Grad, so dass der Mensch bei Entblößungen, die uns heute vollkommen gleichgültig sind, in erschütternde Abenteuer geriet. Aber man erinnere sich an die entzückenden Liebesgeschichten, die Stendhal in seinen Renaissancenovellen erzählt, um nicht nur darüber zu lächeln; auch ihr Fackelglanz kommt von den außerordentlichen Schwierigkeiten, die es den Liebenden selten und nur verstohlen in nächtlicher Lebensgefahr gestatteten, sich zu umarmen, und das sind Steigerungen, die endgültig zu verlieren wir heute im Begriff sind, wenn sie auch zuletzt nur in einer fast schon sinnlosen Erstarrung vorhanden gewesen sind.

[...] Die Frau ist es müde geworden, das Ideal des Mannes zu sein, der zur Idealisierung nicht mehr die rechte Kraft hat, und hat es übernommen, sich als ihr eigenes Wunschbild auszudenken. Die Schwüle älterer Männer kommt ihr selbst komisch vor, und darin liegt eine große Reinigung der Atmosphäre. Sie will überhaupt kein Ideal mehr sein, sondern Ideale machen, zu ihrer Bildung beitragen, wie die Männer es tun; wenn auch vorläufig noch ohne besonderen Erfolg. Sie ist noch ein wenig mädchenhaft unsicher bei ihrem neuen Tun; sie studiert im Durchschnitt bis zur Mitte des Gymnasiums oder der Universität und bevölkert die unkontrollierbaren Berufe; sie wendet sich vorläufig an die Knabeninstinkte des Mannes, ist bubenhaft mager, kameradschaftlich, sportlich spröd und kindisch; vor den unzähligen angekleideten Menschen, die in einem Theater sitzen, an Schaufenstern vorbeigehn oder Zeitschriften ansehen, zieht sie sich splitternackt aus, vor den wenigen, mit denen sie in einem Bad zusammenkommt, legt sie aber immerhin einige Stückchen Stoff auf sich, ja deren Umfang ist neuerdings sogar wieder im Wachsen. [...] Der menschliche Körper ist auf die Dauer außerstande, sich nur als Empfänger von Sinnesreizungen zu fühlen, er geht immer dazu über, Darsteller, Schauspieler seiner selbst zu sein, in allen Verhältnissen, in die er gerät; so verbindet sich auch immer der Naturtrieb in ihm mit einem bestimmten System von Vorstellungen und Gefühlen, und diese Ideologisierung ist in den Jahrhunderten wie ein Strahl, der steigt und sinkt. Heute ist er in der Nähe seines tiefsten Punktes, fast eingeschluckt; aber er wird ohne Zweifel in einer neuen Verbindung wieder aufsteigen. Es sind unzählige und ganz verschiedene Möglichkeiten dafür gegeben, und die Zukunft verdeckt sie wirklich nur wie ein Schleier, nicht wie eine mit Vorurteilen bestückte Ringmauer.

[Schein und Sein]

Es ist fast zu bekannt, um davon zu sprechen: Seit ihre [Diotimas] berühmten Gäste sich davon überzeugt hatten, dass der Ernst des Unternehmens keine großen Anstrengungen von ihnen fordere, gaben sie sich als Menschen, und Diotima, die ihr Haus von Lärm und Geist erfüllt sah, war enttäuscht. Sie kannte als eine hohe Seele das Gesetz der Vorsicht nicht, wonach man sich als Privatmann entgegengesetzt benimmt wie in seinem Beruf. Sie wusste nicht, dass Politiker, nachdem sie sich im Sitzungssaal Spitzbuben und Betrüger genannt haben, im Erfrischungssaal freundlich nebeneinander frühstücken. Dass Richter, die als Juristen einen Unglücklichen zu schwerer Strafe verurteilt haben, ihm nach Schluss der Verhandlung als Menschen teilnehmend die Hand drücken, wusste sie wohl, aber sie hatte nie daran etwas auszusetzen gefunden. Dass Tänzerinnen außerhalb ihres zweideutigen Berufs oft einen hausmütterlich einwandfreien Lebenswandel führen, hatte sie manchmal erzählen gehört und fand es sogar rührend. Auch erschien es ihr als schönes Sinnbild, dass Fürsten zuzeiten die Krone ablegen, um nichts als Mensch zu sein. Aber als sie wahrnahm, dass auch Fürsten des Geistes sich inkognito ergehen, kam ihr dieses Doppelverhalten sonderbar vor. Welche Leidenschaft ist es und welches Gesetz liegt dieser allgemeinen Neigung zugrunde und bewirkt, dass Männer außerhalb des Berufs sich nichts wissen machen von den Männern, die sie innerhalb des Berufs sind? Sie sehen nach Schluss ihrer Arbeit, wenn sie aufgeräumt sind, genauso aus wie ein aufgeräumtes Büro, wo das Schreibzeug in den Laden verwahrt ist und die Sessel auf den Tischen stehn. Sie bestehen aus zwei Männern, und man weiß nicht, ob sie nun eigentlich am Abend oder am Morgen zu sich zurückkehren?

Kann ein Pferd lachen?

Ein angesehener Psychologe hat den Satz niedergeschrieben: »… denn das Tier kennt kein Lachen und Lächeln.«

Das ermutigt mich zu erzählen, dass ich einmal ein Pferd lachen gesehn habe. Ich dachte bisher, das könne man alle Tage behaupten, und getraute mich nicht, Aufhebens davon zu machen; aber wenn es etwas so Kostbares ist, will ich gern ausführlich sein.

Also es war vor dem Krieg; es könnte ja sein, dass seither die Pferde nicht mehr lachen. Das Pferd war an einen Schilfzaun angebunden, der einen kleinen Hof umgrenzte. Die Sonne schien. Der Himmel war dunkelblau. Die Luft äußerst milde, obwohl man Februar schrieb. Und im Gegensatz zu diesem göttlichen Komfort fehlte aller menschliche: Mit einem Wort, ich befand mich bei Rom, auf einem Landweg vor den Toren, an der Grenze zwischen den bescheidenen Ausläufern der Stadt und der beginnenden bäuerlichen Campagna.

Auch das Pferd war ein Campagnapferd: jung und zierlich, von dem wohlgeformten kleinen Schlag, der nichts Ponyartiges hat, auf dem ein großer Reiter aber aussieht wie ein Erwachsener auf einem Puppenstühlchen. Es wurde von einem lustigen Burschen gestriegelt, die Sonne schien ihm aufs Fell, und in den Achseln war es kitzlig. Nun hat ein Pferd sozusagen vier Achseln und ist darum vielleicht doppelt so kitzlig wie der Mensch. Außerdem schien aber dieses Pferd auch noch je eine besonders empfindliche Stelle an der Innenseite der Schenkel zu haben, und jedes Mal, wenn es dort berührt wurde, konnte es sich vor Lachen nicht halten.

Schon wenn sich der Striegel von weitem näherte, legte es die Ohren zurück, wurde unruhig, wollte mit dem Maul hinfahren und entblößte, wenn es das nicht konnte, die Zähne. Der Striegel aber marschierte lustig weiter, Strich vor Strich, und die Lippen gaben nun immer mehr das Gebiss frei, indes sich die Ohren immer weiter zurücklegten und das Pferdchen von einem Bein auf das andere trat.

Und plötzlich begann es zu lachen. Es fletschte die Zähne. Es suchte mit der Schnauze den Burschen, der es kitzelte, so heftig es konnte, wegzustoßen; in der gleichen Weise, wie das eine Bauernmagd mit der Hand tut, und ohne dass es nach ihm gebissen hätte. Es trachtete auch, sich zu drehen und ihn mit dem ganzen Körper fortzudrängen. Aber der Knecht blieb im Vorteil. Und wenn er mit dem Striegel in der Nähe der Achsel anlangte, hielt es das Pferd in keiner Weise mehr aus; es wand sich auf den Beinen, schauderte am ganzen Leib und zog das Fleisch von den Zähnen zurück, so weit es nur konnte. Es benahm sich dann sekundenlang genauso wie ein Mensch, den man dermaßen kitzelt, dass er nicht mehr lachen kann.

Der gelehrte Zweifler wird einwenden, dass es dann eben doch nicht hat lachen können. Darauf ist ihm zu antworten, dass dies insofern richtig sei, als der von beiden, der jedes Mal vor Lachen wieherte, der Stallbursche war. Das scheint in der Tat nur ein menschliches Vermögen zu sein, vor Lachen wiehern zu können. Aber trotzdem spielten die beiden sichtlich in Übereinstimmung, und sobald sie wieder von vorn begannen, konnte gar kein Zweifel daran bestehen, dass auch das Pferd lachen wollte und schon auf das wartete, was kommen werde.

So schränkt sich der gelehrte Zweifel an der Fähigkeit des Tieres darauf ein, dass es nicht über Witze zu lachen vermag.

Das aber ist dem Pferd nicht immer zu verübeln.

Schafe, anders gesehen

> Zur Geschichte des Schafes: der Mensch findet heute das Schaf dumm. Aber Gott hat es geliebt. Er hat die Menschen wiederholt mit Schafen verglichen. Sollte Gott ganz Unrecht haben?
>
> Zur Psychologie des Schafes: der sichtbar gestaltete Ausdruck hoher Zustände ist dem der Blödheit nicht unähnlich.

In der Heide bei Rom: Sie hatten die langen Gesichter und die zierlichen Schädel von Märtyrern. Ihre schwarzen Socken und Kapuzen an dem weißen Fell gemahnten an Todesbrüder und Fanatiker.

Ihre Lippen, wenn sie über dem kurzen, spärlichen Gras suchten, zitterten nervös und stäubten den Ton einer erregten Metallsaite in die Erde. Schlossen sich ihre Stimmen zum Chor, so klang es wie das klagende Gebet der Prälaten im Dom. Sangen aber ihrer viele, so bildeten sie einen Männer-, Frauen- und Kinderchor. In sanften Rundungen hoben und senkten sie die Stimmen; wie ein Wanderzug im Dunkel war es, den in jeder zweiten Sekunde das Licht traf, und es standen dann die Stimmen der Kinder auf einem immer wiederkehrenden Hügel, während die Männer das Tal durchschritten. Tausendmal schneller rollten Tag und Nacht durch ihren Gesang und trieben die Erde dem Ende entgegen. Manchmal warf sich eine einzelne Stimme empor oder stürzte hinab in die Angst der Verdammnis. In den weißen Ringeln ihrer Haare wiederholten sich die Wolken des Himmels. Es sind uralte katholische Tiere, religiöse Begleiter des Menschen.

Noch einmal im Süden: Der Mensch ist zwischen ihnen doppelt so groß als sonst und ragt wie der spitze Turm einer Kirche gegen Himmel. Unter unseren Füßen war die Erde braun, und das Gras wie eingekratzte graugrüne Striche. Die Sonne glänzte schwer am Meer wie in einem Spiegel von Blei. Boote waren beim Fischfang wie zu Sankt Petri Zeiten. Das Kap schwang den Blick wie ein Laufbrett zum Himmel und brach lohgelb und weiß, wie zur Zeit des verirrten Odysseus, ins Meer.

Überall: Schafe sind ängstlich und blöd, wenn der Mensch naht; sie haben Schläge und Steinwürfe des Übermuts kennengelernt. Aber wenn er ruhig stehen bleibt und in die Weite starrt, vergessen sie ihn. Sie stecken dann die Köpfe zusammen und bilden, zehn oder fünfzehn, einen Strahlenkreis, mit dem großen, lastenden Mittelpunkt der Köpfe und den andersfarbigen

Strahlen der Rücken. Die Schädeldecken pressen sie fest gegeneinander. So stehen sie, und das Rad, das sie bilden, regt sich stundenlang nicht. Sie scheinen nichts fühlen zu wollen als den Wind und die Sonne, und zwischen ihren Stirnen den Sekundenschlag der Unendlichkeit, der im Blut pocht und sich von einem Kopf zum andern mitteilt wie das Klopfen von Gefangenen an Gefängnismauern.

Die Maus

Diese winzige Geschichte, die eigentlich nur eine Pointe, eine einzige kleine Spitze ist, und gar keine Geschichte, ereignete sich im Weltkrieg. Auf der ladinischen Alpe Fodara Vedla, tausend und mehr Meter über bewohnter Gegend und noch viel weiter abseits von ihr: Dort hatte jemand im Frieden eine Bank hingestellt.

Diese Bank stand auch im Krieg unversehrt. In einer weiten, hellen Mulde. Die Schüsse zogen über sie hin. Ruhig wie Schiffe, wie Scharen von Fischen. Sie schlugen weit hinten ein, wo nichts und niemand war, und verwüsteten dort mit eiserner Beharrlichkeit seit Monaten einen unschuldigen Abhang. Niemand wusste mehr warum. Ein Irrtum der Kriegskunst? Eine Laune der Kriegsgötter? Diese Bank war dem Krieg in Verlust geraten. Und die Sonne schickte den ganzen Tag Licht aus unendlichen Höhen ihr zur Gesellschaft.

Wer auf dieser Bank saß, saß fest. Der Mund ging

nicht mehr auf. Die Glieder schliefen einen getrennten Schlaf wie Männer, die sich eng beisammen niedergeworfen und einander im gleichen Augenblick todmüd vergessen haben. Selbst das Atmen ward fremd; wurde ein Vorgang der Natur; nein, wurde nicht »Atem der Natur«, sondern: wenn man bemerkte, dass man atme, – diese gleichmäßige, willenlose Bewegung der Brust! – etwas der Ohnmacht des Menschen vom blauen Ungeheuer Luft Angetanes wie eine Schwangerschaft.

Das Gras ringsum war noch vom Jahr vorher; schneebleich und hässlich; so blutleer, als ob man einen großen Stein davon weggewälzt hätte. In Nähe und Ferne gab es Buckel und Mulden ohne Sinn und Zahl, Knieholz und Alpe. Aus dieser bewegungslosen Unruhe, von dieser zu gelbgrünem Schaum zerfallenen Brandung des Bodens wurde der Blick immer wieder an dem hohen, roten Felsenriff emporgeworfen, das die Landschaft vorne abschloss, und rann, in hundert Blicke zersplittert, davon wieder ab. Es war nicht übermäßig hoch, dieses Felsstück, aber darüber war nur noch das leere Licht. So wüst war das und so unmenschlich herrlich wie in den Schöpfungszeitaltern.

Eine kleine Maus hatte sich nahe der Bank, die selten besucht wurde, ein System von Laufgräben angelegt. Maustief, mit Löchern zum Verschwinden und anderswo wieder aufzutauchen. Sie huschte darin im Kreise, stand, huschte im Kreis weiter. Aus dem Grollen der Luft tauchte eine ungeheure Stille auf. Die Menschenhand sank von der Lehne der Bank. Ein Auge, so klein und schwarz wie ein Spennadelknopf, richtete sich dahin. Und man hatte einen Augenblick lang ein so sonderbar verkehrtes Gefühl, dass man wirklich nicht mehr recht wusste, ob sich dieses kleine, lebendige, schwarze Auge drehe oder ob sich die ungeheure Unbeweglichkeit der Berge rühre. Man wusste nicht mehr: vollzog sich an einem der Wille der Welt oder der dieser Maus, der aus einem winzigen, einsamen Auge leuchtete. Man wusste nicht mehr: war Kampf oder herrschte schon Ewigkeit.

So hätte sich mit dem, was man nicht zu kennen fühlte, lange und nach Belieben fortfahren lassen; aber das ist schon die ganze kleine Geschichte, denn sie war inzwischen jedes Mal schon zu Ende gegangen, ehe man noch genau sagen konnte, wo sie aufhörte.

[Persönliches Glück]

Jeder Mensch hat eine […] Methode, die Bilanz seiner Eindrücke zu seinen Gunsten umzudeuten, so dass gewissermaßen das tägliche Existenzminimum an Lust daraus hervorgeht, das in gewöhnlichen Zeiten genügt. Seine Lebenslust kann dabei auch aus Unlust bestehn, solche Materialunterschiede spielen keine Rolle, denn bekanntlich gibt es ebenso glückliche Melancholiker wie es Trauermärsche gibt, die um nichts schwerer in ihrem Element schweben wie ein Tanz in dem seinen. Wahrscheinlich lässt sich sogar auch umgekehrt behaupten, dass viele fröhliche Menschen nicht um das geringste glücklicher sind als traurige, denn Glück strengt genauso an wie Unglück; das ist ungefähr so wie Fliegen nach dem Prinzip Leichter – oder Schwerer als die Luft. Aber ein anderer Einwand liegt nahe; denn hätte dann nicht die alte Weisheit der Wohlhabenden recht, dass kein Armer sie zu beneiden brauche, da es ja lediglich eine Einbildung sei, dass ihn ihr Geld glücklicher machen würde? Es würde ihn bloß vor die Aufgabe stellen, statt seines Lebenssystems ein anderes auszubilden, dessen Lusthaushalt bestenfalls doch nur mit dem kleinen Glücksüberschuss abschließen könnte, den er ohnedies hat. Theoretisch bedeutet das, dass die Familie ohne Obdach, wenn sie in einer eisigen Winternacht nicht erfroren ist, bei den ersten Strahlen der Morgensonne ebenso glücklich ist wie der reiche Mann, der aus dem warmen Bett heraus muss; und praktisch kommt es darauf hinaus, dass jeder Mensch geduldig wie ein Esel das trägt, was ihm aufgepackt ist, denn ein Esel, der um eine Kleinigkeit stärker ist als seine Last, ist glücklich. Und in der Tat, das ist die verlässlichste Definition von persönlichem Glück, zu der man gelangen kann, solange man nur einen Esel allein betrachtet. In Wahrheit ist aber das persönliche Glück (oder Gleichgewicht, Zufriedenheit oder wie immer man das automatische innerste Ziel der Person nennen mag) nur so weit in sich selbst abgeschlossen, wie es ein Stein in einer Mauer oder ein Tropfen in einem Fluss ist, durch den die Kräfte und Spannungen des Ganzen gehn. Was ein Mensch selbst tut und empfindet, ist geringfügig, im Vergleich mit allem, wovon er voraussetzen muss, dass es andere für ihn in ordentlicher Weise tun und empfinden. Kein Mensch lebt nur sein eigenes Gleichgewicht, sondern jeder stützt sich auf das der Schichten, die ihn umfassen, und so spielt in die kleine Lustfabrik der Person ein höchst verwickelter moralischer Kredit hinein, von dem noch zu sprechen sein wird, weil er nicht weniger zur seelischen Bilanz der Gesamtheit wie zu der des Einzelnen gehört.

Das Fliegenpapier

Das Fliegenpapier Tangle-foot ist ungefähr sechsunddreißig Zentimeter lang und einundzwanzig Zentimeter breit; es ist mit einem gelben, vergifteten Leim bestrichen und kommt aus Kanada. Wenn sich eine Fliege darauf niederlässt – nicht besonders gierig, mehr aus Konvention, weil schon so viele andere da sind –, klebt sie zuerst nur mit den äußersten, umgebogenen Gliedern aller ihrer Beinchen fest. Eine ganz leise, befremdliche Empfindung, wie wenn wir im Dunkel gingen und mit nackten Sohlen auf etwas träten, das noch nichts ist als ein weicher, warmer, unübersichtlicher Widerstand und schon etwas, in das allmählich das grauenhaft Menschliche hineinflutet, das Erkanntwerden als eine

Hand, die da irgendwie liegt und uns mit fünf immer deutlicher werdenden Fingern festhält.

Dann stehen sie alle forciert aufrecht, wie Tabiker[6], die sich nichts anmerken lassen wollen, oder wie klapprige alte Militärs (und ein wenig o-beinig, wie wenn man auf einem scharfen Grat steht). Sie geben sich Haltung und sammeln Kraft und Überlegung. Nach wenigen Sekunden sind sie entschlossen und beginnen, was sie vermögen, zu schwirren und sich abzuheben. Sie führen diese wütende Handlung so lange durch, bis die Erschöpfung sie zum Einhalten zwingt. Es folgt eine Atempause und ein neuer Versuch. Aber die Intervalle werden immer länger. Sie stehen da, und ich fühle, wie ratlos sie sind. Von unten steigen verwirrende Dünste auf. Wie ein kleiner Hammer tastet ihre Zunge heraus. Ihr Kopf ist braun und haarig, wie aus einer Kokosnuss gemacht; wie menschenähnliche Negeridole. Sie biegen sich vor und zurück auf ihren festgeschlungenen Beinchen, beugen sich in den Knien und stemmen sich empor, wie Menschen es machen, die auf alle Weise versuchen, eine zu schwere Last zu bewegen; tragischer als Arbeiter es tun, wahrer im sportlichen Ausdruck der äußersten Anstrengung als Laokoon[7]. Und dann kommt

6 Verkäufer in einem kleinen Kiosk (österr.), die den ganzen Tag stehen müssen.

7 berühmte Statue, die eine Szene aus Homers Odyssee wiedergibt: Der verzweifelt kämpfende Priester Laokoon wird mit seinen Kindern von Meerschlangen gewürgt und gebissen.

der immer gleich seltsame Augenblick, wo das Bedürfnis einer gegenwärtigen Sekunde über alle mächtigen Dauergefühle des Daseins siegt. Es ist der Augenblick, wo ein Kletterer wegen des Schmerzes in den Fingern freiwillig den Griff der Hand öffnet, wo ein Verirrter im Schnee sich hinlegt wie ein Kind, wo ein Verfolgter mit brennenden Flanken stehen bleibt. Sie halten sich nicht mehr mit aller Kraft ab von unten, sie sinken ein wenig ein und sind in diesem Augenblick ganz menschlich. Sofort werden sie an einer neuen Stelle gefasst, höher oben am Bein oder hinten am Leib oder am Ende eines Flügels. Wenn sie die seelische Erschöpfung überwunden haben und nach einer kleinen Weile den Kampf um ihr Leben wieder aufnehmen, sind sie bereits in einer ungünstigen Lage fixiert, und ihre Bewegungen werden unnatürlich. Dann liegen sie mit gestreckten Hinterbeinen auf den Ellbogen gestemmt und suchen sich zu heben. Oder sie sitzen auf der Erde, aufgebäumt, mit ausgestreckten Armen, wie Frauen, die vergeblich ihre Hände aus den Fäusten eines Mannes winden wollen. Oder sie liegen auf dem Bauch, mit Kopf und Armen voraus, wie im Lauf gefallen, und halten nur noch das Gesicht hoch. Immer aber ist der Feind bloß passiv und gewinnt bloß von ihren verzweifelten, verwirrten Augenblicken. Ein Nichts, ein Es zieht sie hinein. So langsam, dass man dem kaum zu folgen vermag, und meist mit einer jähen Beschleunigung am Ende, wenn der letzte innere Zusammenbruch über sie kommt. Sie lassen sich dann plötzlich fallen, nach vorne aufs Gesicht, über die Beine weg; oder seitlich, alle Beine von sich gestreckt; oft auch auf die Seite, mit den Beinen rückwärts rudernd: So liegen sie da. Wie gestürzte Aeroplane, die mit einem Flügel in die Luft ragen. Oder wie krepierte Pferde. Oder mit unendlichen Gebärden der Verzweiflung. Oder wie Schläfer. Noch am nächsten Tag wacht manchmal eine auf, tastet eine Weile mit einem Bein oder schwirrt mit dem Flügel. Manchmal geht solch eine Bewegung über das ganze Feld, dann sinken sie alle noch ein wenig tiefer in ihren Tod. Und nur an der Seite des Leibs, in der Gegend des Beinansatzes, haben sie irgendein ganz kleines, flimmerndes Organ, das lebt noch lange. Es geht auf und zu, man kann es ohne Vergrößerungsglas nicht bezeichnen, es sieht wie ein winziges Menschenauge aus, das sich unaufhörlich öffnet und schließt.

Die Affeninsel

In der Villa Borghese in Rom steht ein hoher Baum ohne Zweige und Rinde. Er ist so kahl wie ein Schädel, den Sonne und Wasser blank geschält haben, und gelb wie ein Skelett. Er steht ohne Wurzeln aufrecht und ist tot, und wie ein Mast in den Zement einer ovalen Insel gepflanzt, die so groß ist wie ein kleiner Flussdampfer und durch einen glatt betonierten Graben vom Königreich Italien getrennt wird. Dieser Graben ist gerade so breit und an der Außenwand so tief, dass ein Affe ihn weder durchklettern noch überspringen kann. Von außen herein ginge es wohl; aber zurück geht es nicht. Der Stamm in der Mitte bietet sehr gute Griffe dar und lässt sich, wie Touristen so etwas ausdrücken, flott und genussfroh durchklettern. Oben aber laufen waagrechte, lange, starke Äste von ihm aus; und wenn man Schuhe und Strümpfe auszöge und mit einwärts gestellter Ferse die Sohlen fest an die Rundung des Astes schmiegte und mit den voreinander greifenden Händen auch recht fest zugriffe, müsste man gut an das Ende eines dieser von der Sonne gewärmten langen Äste gelangen können, die sich über den grünen Straußfedern der Pinienwipfel hinstrecken.

Diese wundervolle Insel wird von drei Familien von verschiedener Mitgliederzahl bewohnt. Den Baum bevölkern etwa fünfzehn sehnige, bewegliche Burschen und Mädchen, die ungefähr die Größe eines vierjährigen Kindes haben; am Fuße des Baumes aber lebt in dem einzigen Gebäude der Insel, einem Palast von Form und Größe einer Hundehütte, ein Ehepaar weit mächtigerer Affen mit einem ganz kleinen Sohne. Das ist das Königspaar der Insel und der Kronprinz. Nie kommt es vor, dass sich die Alten in der Ebene weit von ihm entfernen; wächterhaft regungslos sitzen sie rechts und links von ihm und blicken geradeaus an ihren Schnauzen vorbei ins Weite. Nur einmal in jeder Stunde erhebt sich der König und besteigt den Baum zu einem inspizierenden Rundgang. Langsam schreitet er dann die Äste entlang, und es scheint nicht, dass er bemerken will, wie ehrfürchtig und misstrauisch alles zurückweicht und sich – um Hast und Aufsehen zu vermeiden – seitlings vor ihm herschiebt, bis das Ende des Astes kein Entweichen mehr zulässt und nur ein lebensgefährlicher Absprung auf den harten Zement übrigbleibt. So schreitet der König, einen nach dem anderen, die Äste ab, und die gespannteste Aufmerksamkeit kann nicht unterscheiden, ob sein Gesicht dabei die Erfüllung einer Herrscherpflicht oder einer Terrainkur ausdrückt, bis alle Äste entleert sind und er wieder zurückkehrt. Auf dem Dache des Hauses sitzt inzwischen der Kronprinz allein, denn auch die Mutter entfernt sich merkwürdigerweise jedes Mal zur gleichen Zeit, und durch seine dünnen, weit abstehenden Ohren scheint korallenrot die Sonne. Selten kann man etwas so Dummes und Klägliches dennoch von einer unsichtbaren Würde umwallt sehen wie diesen jungen Affen. Einer nach dem anderen kommen die zur Erde gejagten Baumaffen vorbei und könnten ihm den dünnen Hals mit einem Griff abdrehen, denn sie sind sehr missmutig, aber sie machen einen Bogen um ihn und erweisen ihm alle Ehrerbietung und Scheu, die seiner Familie zukommt.

Es braucht längere Zeit, ehe man bemerkt, dass außer diesen ein geordnetes Leben führenden Wesen noch andere von der Insel beherbergt werden. Verdrängt von der Oberfläche und der Luft, lebt in dem Graben ein zahlreiches Volk kleiner Affen. Wenn sich einer von ihnen oben auf der Insel nur zeigt, wird er schon von den

Baumaffen unter schmerzlichen Züchtigungen wieder in den Graben gescheucht. Wenn das Mahl angerichtet wird, müssen sie scheu beiseite sitzen, und erst wenn alle satt sind und die meisten schon auf den Ästen ruhen, ist es ihnen erlaubt, sich zu den Küchenabfällen zu stehlen. Selbst das, was ihnen zugeworfen wird, dürfen sie nicht berühren. Denn es kommt oft vor, dass ein böser Bursche oder ein scherzhaftes Mädchen, obgleich sie blinzelnd Verdauungsbeschwernis heucheln, nur darauf warten, und vorsichtig von ihrem Ast heruntergleiten, sobald sie merken, dass die Kleinen es sich ungebührlich wohlergehen lassen. Schon huschen da die wenigen, die sich auf die Insel gewagt haben, schreiend in den Graben zurück; und mengen sich zwischen die anderen; und das Klagen hebt an: und jetzt drängt sich alles zusammen, so dass eine Fläche von Haar und Fleisch und irren, dunklen Augen sich an der abseitigen Wand emporhebt wie Wasser in einem geneigten Bottich. Der Verfolger geht aber nur den Rand entlang und schiebt die Woge von Entsetzen vor sich her. Da erheben sich die kleinen schwarzen Gesichter und werfen die Arme in die Höhe und strecken die Handflächen abwehrend vor den bösen fremden Blick, der vom Rande herabsieht. Und allmählich heftet dieser Blick sich an einem fest; der rückt vor und zurück, und fünf andere mit ihm, die noch nicht unterscheiden können, welcher das Ziel dieses langen Blickes ist; aber die weiche, vom Schreck gelähmte Menge lässt sie nicht vom Platze. Dann nagelt der lange gleichgültige Blick den zufälligen einen an; und nun wird es ganz unmöglich, sich so zu beherrschen, dass man weder zu viel noch zu wenig Angst zeigt: und von Augenblick zu Augenblick wächst die Verfehlung an, während sich ruhig eine Seele in eine andere bohrt, bis der Hass da ist, und der Sprung losschnellen kann, und ein Geschöpf ohne Halt und Scham unter Peinigungen wimmert. Mit befreitem Geschrei rasen da die anderen auseinander, den Graben entlang; sie flackern lichtlos durcheinander wie die besessenen Seelen im Fegefeuer, und sammeln sich freudig schnatternd an der entferntesten Stelle.

Wenn alles vorbei ist, steigt der Verfolger mit federnden Griffen den großen Baum hinan bis zum höchsten Ast, schreitet bis an dessen äußerstes Ende hinaus, setzt sich ruhig zurecht, und verharrt ernst, aufrecht und ewig lange, ohne sich zu regen. Der Strahl seines Blickes ruht auf den Wipfeln des Pincio und der Villa Borghese, quer darüber hin; und wo er die Gärten verlässt, liegt unter ihm die große gelbe Stadt, über der er, noch in die grüne, schimmernde Wolke der Baumwipfel gehüllt, achtlos in der Luft schwebt.

[Umdeutung von Vergangenheit]

[O]hne dass er [Ulrich] recht wusste warum, erinnerte er sich an einige Kinderbildnisse, die er vor einiger Zeit wiedergesehen hatte: sie zeigten ihn in Gesellschaft seiner früh verstorbenen Mutter, und mit Fremdheit hatte er auf ihnen einen kleinen Knaben erblickt, den eine altmodisch gekleidete, schöne Frau glücklich anlächelte. Die äußerst eindringliche Vorstellung eines braven, liebevollen, klugen kleinen Jungen, die man sich von ihm gemacht hatte; Hoffnungen, die ganz und gar noch nicht seine eigenen waren; ungewisse Erwartungen einer ehrenvollen erwünschten Zukunft, die wie die offenen Flügel eines goldenen Netzes nach ihm langten –: obgleich alles das seinerzeit unsichtbar gewesen war, hatte es sich nach Jahrzehnten doch sehr deutlich den alten Platten[8] ablesen lassen, und mitten aus dieser sichtbaren Unsichtbarkeit, die so leicht hätte Wirklichkeit werden können, blickte ihm sein weiches, leeres Kindergesicht mit dem etwas verstörten Ausdruck des Stillhaltens entgegen. Er hatte keine Spur von Neigung für diesen Knaben gefühlt, und wenn er auch auf seine schöne Mutter einigen Stolz setzte, hatte das Ganze doch vor allem den Eindruck auf ihn gemacht, einem großen Schreck entronnen zu sein.

Wer diesen Eindruck erlebt hat, dass ihm seine Person, in einen gewesenen Augenblick der Selbstzufriedenheit gehüllt, aus alten Bildern entgegenblickte, als wäre ein Bindemittel ausgetrocknet oder abgefallen, wird das Gefühl verstehen, mit dem er sich die Frage vorlegte, wie dieses Bindemittel denn eigentlich beschaffen sei, dass es bei anderen nicht versage. Er befand sich nun in

8 Fotoplatten, alte Entwicklungsmethode.

einer der Baumanlagen, die als ein unterbrochener Ring der Linie folgen, wo früher die Wälle waren, und hätte sie mit wenigen Schritten durchqueren können, aber der große Streif Himmels, der sich der Länge nach über den Bäumen dehnte, verlockte ihn, abzubiegen und seiner Richtung zu folgen, wobei er sich dem überaus privat wirkenden Lichterkranz, der die winterlichen Anlagen, die er durchschritt, himmlisch zurückgezogen umschwebte, immerfort zu nähern schien, ohne ihm näher zu kommen. »Es ist eine Art perspektivischer Verkürzung des Verstandes«, sagte er sich, »was diesen allabendlichen Frieden zustande bringt, der in seiner Erstreckung von einem zum andern Tag das dauernde Gefühl eines mit sich selbst einverstandenen Lebens ergibt. Denn der Menge nach ist es ja bei weitem nicht die Hauptvoraussetzung des Glücks, Widersprüche zu lösen, sondern sie verschwinden zu machen, wie sich in einer langen Allee die Lücken schließen, und so, wie sich allenthalben die sichtbaren Verhältnisse für das Auge verschieben, dass ein von ihm beherrschtes Bild entsteht, worin das Dringende und Nahe groß erscheint, weiter weg aber selbst das Ungeheuerliche klein, Lücken sich schließen und endlich das Ganze eine ordentliche glatte Rundung erfährt, tun es eben auch die unsichtbaren Verhältnisse und werden von Verstand und Gefühl derart verschoben, dass unbewusst etwas entsteht, worin man sich Herr im Hause fühlt. Diese Leistung ist es also«, sagte sich Ulrich, »die ich nicht in wünschenswerter Weise vollbringe.«

[Geordnete Geschichten]

[Ulrich] fiel [...] ein, dass das Gesetz dieses Lebens, nach dem man sich, überlastet und von Einfalt träumend, sehnt, kein anderes sei als das der erzählerischen Ordnung! Jener einfachen Ordnung, die darin besteht, dass man sagen kann: »Als das geschehen war, hat sich jenes ereignet!« Es ist die einfache Reihenfolge, die Abbildung der überwältigenden Mannigfaltigkeit des Lebens in einer eindimensionalen, wie ein Mathematiker sagen würde, was uns beruhigt; die Aufreihung alles dessen, was in Raum und Zeit geschehen ist, auf einen Faden, eben jenen berühmten »Faden der Erzählung«, aus dem nun also auch der Lebensfaden besteht. Wohl dem, der sagen kann »als«, »ehe« und »nachdem«! Es mag ihm Schlechtes widerfahren sein, oder er mag sich in Schmerzen gewunden haben: sobald er imstande ist, die Ereignisse in der Reihenfolge ihres zeitlichen Ablaufes wiederzugeben, wird ihm so wohl, als schiene ihm die Sonne auf den Magen. Das ist es, was sich der Roman künstlich zunutze gemacht hat: der Wanderer mag bei strömendem Regen die Landstraße reiten oder bei zwanzig Grad Kälte mit den Füßen im Schnee knirschen, dem Leser wird behaglich zumute, und das wäre schwer zu begreifen, wenn dieser ewige Kunstgriff der Epik, mit dem schon die Kinderfrauen ihre Kleinen beruhigen, diese bewährteste »perspektivische Verkürzung des Verstandes« nicht schon zum Leben selbst gehörte.

Die meisten Menschen sind im Grundverhältnis zu sich selbst Erzähler. Sie lieben nicht die Lyrik, oder nur für Augenblicke, und wenn in den Faden des Lebens auch ein wenig »weil« und »damit« hineingeknüpft wird, so verabscheuen sie doch alle Besinnung, die darüber hinausgreift: sie lieben das ordentliche Nacheinander von Tatsachen, weil es einer Notwendigkeit gleichsieht, und fühlen sich durch den Eindruck, dass ihr Leben einen »Lauf« habe, irgendwie im Chaos geborgen. Und Ulrich bemerkte nun, dass ihm dieses primitiv Epische abhandengekommen sei, woran das private Leben noch festhält, obgleich öffentlich alles schon unerzählerisch geworden ist und nicht einem »Faden« mehr folgt, sondern sich in einer unendlich verwobenen Fläche ausbreitet.

[Innen, Außen, Symbiose]

»[...] Wenn ich [Ulrich] mich an meine früheste Zeit erinnere, so möchte ich sagen, dass damals Innen und Außen kaum noch getrennt waren. Wenn ich auf etwas zu kroch, kam es auf Flügeln zu mir her; und wenn sich etwas ereignete, das uns wichtig war, so wurden davon nicht etwa bloß wir erregt, sondern die Dinge selbst begannen zu kochen. Ich will nicht behaupten, dass wir dabei glücklicher gewesen sind als später. Wir besaßen uns ja noch nicht selbst; eigentlich waren wir überhaupt noch nicht, unsere persönlichen Zustände waren noch nicht deutlich von denen der Welt abgeschieden. Es klingt sonderbar, und ist doch wahr, wenn ich sage, unsere Gefühle, unsere Willnisse, ja wir selbst waren noch nicht ganz in uns darin. Noch sonderbarer ist, dass ich ebenso gut sagen könnte: waren noch nicht ganz von uns entfernt. Denn wenn du dich heute, wo du ganz im Besitz deiner selbst zu sein glaubst, ausnahmsweise einmal fragen solltest, wer du eigentlich seist, wirst du diese Entdeckung machen. Du wirst dich immer von außen sehn wie ein Ding. Du wirst gewahren, dass du bei einer Gelegenheit zornig wirst und bei einer anderen traurig, so wie dein Mantel das eine Mal nass und das andre Mal heiß ist. Mit aller Beobachtung wird es dir höchstens gelingen, hinter dich zu kommen, aber niemals in dich. Du bleibst außer dir, was immer du unternimmst, und es sind davon gerade nur jene wenigen Augenblicke ausgenommen, wo man von dir sagen würde, du seist außer dir. […]«

[Kindliche Tierliebe]

[Ulrich erinnerte] sich an eine Einzelheit aus seiner Kindheit […], und er wurde durch sie abgelenkt, weil es ihm, was lange nicht vorgefallen war, Vergnügen bereitete, sich zu erinnern. Es muss vorausgeschickt werden, dass sein Vater früher geritten war und auch Reitpferde besessen hatte, wovon der leere Stall an der Gartenmauer, den Ulrich bei seiner Ankunft zuerst gesehen hatte, heute noch Zeugnis ablegte. Wahrscheinlich war das die einzige adelige Neigung, die sich sein Vater in Bewunderung seiner feudalen Freunde selbst angemaßt hatte, aber Ulrich war damals ein kleiner Knabe gewesen, und das gleichsam Unendliche, jedenfalls Unausmessbare, das ein hoher, muskulöser Pferdeleib für ein bewunderndes Kind besitzt, stellte sich nun in der Empfindung wieder her wie ein märchenhaft-schauriges Gebirge, von der Haarheide überzogen, durch die das Zucken der Haut wie die Wellen eines Windes lief. Es war das, wie er bemerkte, eine jener Erinnerungen, deren Glanz von der Ohnmacht des Kindes kommt, sich seine Wünsche zu erfüllen; aber das sagt wenig, vergleicht man es mit der Größe dieses Glanzes, die geradezu überirdisch war, oder mit dem nicht weniger wunderbaren Glanz, den der kleine Ulrich ein wenig später mit den Fingerspitzen berührte, als er den ersten suchte. Denn zu jener Zeit waren in der Stadt die Ankündigungen eines Zirkus angeschlagen gewesen, worauf nicht nur Pferde, sondern auch Löwen, Tiger ebenso wie große, prächtige, in Freundschaft mit ihnen lebende Hunde vorkamen, und schon lange hatte er diese Anschläge angestarrt, als es ihm gelang, sich eines dieser bunten Papiere zu verschaffen und die Tiere auszuschneiden, denen er nun mit kleinen Holzständern Steife und Halt gab. Was sich sodann begab, lässt sich aber nur mit einem Trinken vergleichen, das den Durst nicht zu Ende löscht, auch wenn man es noch so lange fortsetzt; denn es hatte weder einen Halt, noch ergab es in wochenlanger Ausbreitung einen Fortschritt, und war ein dauerndes Hinübergezogenwerden in diese bewunderten Geschöpfe, die zu besitzen er mit dem unsäglichen Glück des einsamen Kindes jetzt ebenso stark vermeinte, wenn er sie ansah, wie er fühlte, dass daran etwas Letztes fehle, das durch nichts zu erfüllen war, wovon dann gerade das Verlangen das maßlos durch den Körper Strahlende erhielt.

[Kindsein]

Wenn ich allein war, saß ich still und las Kinderbücher; ich hatte auf dem Dachboden eine große Kiste voll von ihnen gefunden. Sie waren verstaubt, verrußt, teils vertrocknet, teils von Feuchtigkeit beschlagen, und wenn man sie klopfte, schieden sie immerzu Wolken von sanfter Schwärze aus; von den Pappbänden war das gemaserte Papier geschwunden und hatte nur Gruppen von zackigen Inseln zurückgelassen. Aber wenn ich in die Seiten eindrang, eroberte ich den Inhalt wie ein Seefahrer zwischen diesen Fährnissen und einmal machte ich eine seltsame Entdeckung. Ich bemerkte, dass die Schwärze oben, wo man die Blätter wendet, und unten am Rand in einer leise deutlichen Weise doch anders war, als der Moder sie verleiht, und dann fand ich allerhand unbezeichenbare Flecken und schließlich wilde, verblasste Bleistiftspuren auf den Titelblättern, und mit einem Mal überwältigte es mich, dass ich erkannte, diese leidenschaftliche Abgegriffenheit, diese Bleistiftritzer und eilig hinterlassenen Flecken seien die Spuren von Kinderfingern, meiner Kinderfinger, dreißig und mehr Jahre in einer Kiste unter dem Dach aufgehoben und wohl von aller Welt vergessen! – Nun, ich sagte dir, für andere Menschen mag es nichts Besonderes sein, wenn sie sich an sich selbst erinnern, aber für mich war es, als ob das Unterste zuoberst gekehrt würde. Ich hatte auch ein Zimmer wiedergefunden, das vor dreißig und mehr Jahren mein Kinderzimmer war; es diente später für Wäscheschränke und dergleichen, aber im Grunde hatte man es gelassen, wie es gewesen war, als ich dort am Fichtentisch unter der Petroleumlampe saß, deren Ketten drei Delphine im Maul trugen. Dort saß ich nun wieder viele Stunden des Tags und las wie ein Kind, das mit den Beinen nicht bis zur Erde reicht. Denn siehst du, dass unser Kopf haltlos ist oder in nichts ragt, daran sind wir gewöhnt, denn wir haben unter den Füßen etwas Festes; aber Kindheit, das heißt, an beiden Enden nicht ganz gesichert sein und statt der Greifzangen von später noch die weichen Flanellhände haben und vor einem Buch sitzen, als ob man auf einem kleinen Blatt über Abstürzen durch den Raum segelte. Ich sage dir, ich reichte wirklich nicht mehr unter dem Tisch zur Erde.

Robert Musil, Graffito von Jef Aerosol
am Musilhaus in Klagenfurt.

V

Zum Ende

Über die Dummheit

[…] jeder, der über Dummheit sprechen oder solchem Gespräch mit Nutzen beiwohnen will, [muss] von sich voraussetzen […], dass er nicht dumm sei; und [trägt] also zur Schau […], dass er sich für klug halte, obwohl es allgemein für ein Zeichen von Dummheit gilt, das zu tun! Geht man nun auf diese Frage ein, warum es als dumm gelte, zur Schau zu tragen, dass man klug sei, so drängt sich zunächst eine Antwort auf, die den Staub von Urväterhausrat[1] an sich zu haben scheint, denn sie meint, es sei vorsichtiger, sich nicht als klug zu zeigen. Es ist wahrscheinlich, dass diese tief misstrauische, heute aufs erste gar nicht mehr verständliche Vorsicht noch aus Verhältnissen stammt, wo es für den Schwächeren wirklich klüger war, nicht für klug zu gelten: seine Klugheit konnte dem Starken ans Leben gehn! Dummheit hingegen lullt das Misstrauen ein; sie »entwaffnet«, wie

1 Anspielung auf Johann Wolfgang Goethe, *Faust. Der Tragödie Erster Teil*. Faust verzweifelt zu Beginn (V. 406–409): »Mit Gläsern, Büchsen rings umstellt, / Mit Instrumenten vollgepfopft, / Urväter Hausrat drein gestopft – / Das ist deine Welt! das heißt eine Welt!« (UNIVERSAL-BIBLIOTHEK Nr. 1, hier S. 14.)

noch heutigentags gesagt wird. Spuren solcher alten Pfiffigkeit und Dummlistigkeit finden sich denn auch wirklich noch in Abhängigkeitsverhältnissen, wo die Kräfte so ungleich verteilt sind, dass der Schwächere sein Heil darin sucht, sich dümmer zu stellen als er ist; sie zeigen sich zum Beispiel als sogenannte Bauernschlauheit, dann im Verkehr von Dienstboten mit der bildungszüngigen[2] Herrschaft, im Verhältnis des Soldaten zum Vorgesetzten, des Schülers zum Lehrer und des Kindes zu den Eltern. Es reizt den, der die Macht hat, weniger, wenn der Schwache nicht kann, als wenn er nicht will. Dummheit bringt ihn sogar »in Verzweiflung«, also unverkennbar in einen Schwächezustand!

[…] Sowohl aus Angst, dumm zu erscheinen, als auch aus der, den Anstand zu verletzen, halten sich viele Menschen zwar für klug, sagen es aber nicht. Und wenn sie sich doch gezwungen fühlen, davon zu sprechen, umschreiben sie es, indem sie etwa von sich sagen: »Ich bin *nicht dümmer* als andere.« Noch beliebter ist es, so unbeteiligt und sachlich wie möglich die Bemerkung anzubringen: »Ich darf von mir wohl sagen, dass ich eine normale Intelligenz besitze.« Und manchmal kommt die Überzeugung von der eigenen Klugheit auch hintenherum zum Vorschein, so etwa in der Redensart: »Ich lasse mich nicht dumm machen!« Umso bemerkenswerter ist es, dass sich nicht nur der heimliche ein-

2 hier: zitatfreudigen, mit ihrer Bildung angebenden.

zelne Mensch in seinen Gedanken als überaus klug und wohlausgestattet ansieht, sondern dass auch der geschichtlich wirkende Mensch von sich, sobald er die Macht dazu hat, sagt oder sagen lässt, dass er über alle Maßen klug, erleuchtet, würdig, erhaben, gnädig, von Gott auserlesen und zur Historie berufen sei. Ja, er sagt es auch von einem anderen gern, von dessen Widerspiegelung er sich bestrahlt fühlt. In Titeln und Anreden, wie Majestät, Eminenz[3], Exzellenz, Magnifizenz[4], Gnaden und ähnlichen hat sich das versteint erhalten und ist kaum noch von Bewusstsein beseelt; aber in voller Lebendigkeit zeigt es sich also gleich wieder, wenn der Mensch heute als Masse spricht. Namentlich ein gewisser unterer Mittelstand des Geistes und der Seele ist dem Überhebungsbedürfnis[5] gegenüber völlig schamlos, sobald er im Schutz der Partei, Nation, Sekte oder Kunstrichtung auftritt und »Wir« statt »Ich« sagen darf.

[…] Wir alle, wenn auch vornehmlich wir Männer, und besonders alle bekannten Schriftsteller, kennen die Dame, die uns durchaus den Roman ihres Lebens anvertrauen möchte und deren Seele sich anscheinend immer in interessanten Umständen befunden hat, ohne dass es zu einem Erfolg gekommen wäre, den sie vielmehr erst von uns erwartet. Ist diese Dame dumm? Ir-

3 Hoheit (etwa als Titel eines Kardinals).
4 Titel z. B. für den Rektor oder Präsidenten einer Hochschule (wörtl.: »Erhabenheit«).
5 dem Bedürfnis, überheblich zu sein.

gendetwas aus der Fülle der Eindrücke Kommendes pflegt uns zuzuflüstern: Sie ist es! Aber die Höflichkeit wie auch die Gerechtigkeit erfordern die Einräumung, dass sie es nicht durchaus und immer ist. Sie spricht viel von sich, und sie spricht überhaupt viel. Sie urteilt sehr bestimmt und über alles. Sie ist eitel und unbescheiden. Sie belehrt uns oft. Sie ist gewöhnlich mit ihrem Liebesleben nicht in Ordnung, und überhaupt glückt ihr das Leben nicht so recht. Aber gibt es denn nicht andere Arten von Menschen, auf die alles oder das meiste davon auch zutrifft? Viel von sich zu sprechen, ist beispielsweise auch eine Unart der Egoisten, der Unruhigen und sogar einer Art von Schwermütigen. Und alles zusammen trifft vornehmlich auf die Jugend zu; bei der es geradezu unter die Wachstumserscheinungen gehört, viel von sich zu sprechen, eitel zu sein, belehrend und mit dem Leben nicht recht in Ordnung, mit einem Wort, genau die gleichen Abweichungen von Klugheit und Anstand aufzuweisen, ohne dass sie deshalb dumm wäre oder dümmer, als es auf natürliche Weise dadurch bedingt ist, dass sie – eben noch nicht klug geworden ist!

[…] Um aber nochmals auf das Verhältnis zur Kunst zurückzukehren, die schlichte Dummheit ist wirklich oft eine Künstlerin. Statt auf ein Reizwort mit einem andern Wort zu erwidern, wie es in manchen Experimenten einstens sehr üblich war, gibt sie gleich ganze Sätze zur Antwort, und man mag sagen, was man will, diese Sätze haben etwas wie Poesie in sich! Ich wiederhole, indem ich zuerst das Reizwort nenne, einige von solchen Antworten:

»Anzünden: Der Bäcker zündet das Holz an.
Winter: Besteht aus Schnee.
Vater: Der hat mich einmal die Treppe
hinuntergeworfen.
Hochzeit: Dient zur Unterhaltung.
Garten: In dem Garten ist immer schön Wetter.
Religion: Wenn man in die Kirche geht.
Wer war Wilhelm Tell: Man hat ihn im Wald gespielt;
es waren verkleidete Frauen und Kinder dabei.
Wer war Petrus: Er hat dreimal gekräht.«

Die Naivität und große Körperlichkeit solcher Antworten, der Ersatz höherer Vorstellungen durch das Erzählen einer einfachen Geschichte, das wichtige Erzählen von Überflüssigem, von Umständen und Beiwerk, dann wieder das abkürzende Verdichten wie in dem Petrus-Beispiel, das sind uralte Praktiken der Dichtung; und wenn ich auch glaube, dass ein Zuviel davon, wie es recht in Schwang ist, den Dichter dem Idioten annähert, so ist doch auch das Dichterische in diesem nicht zu verkennen, und es fällt ein Licht darauf, dass der Idiot in der Dichtung mit einer eigentümlichen Freude an seinem Geist dargestellt werden kann.

Textnachweise

Wenn nicht anders angegeben, wird zitiert nach Robert Musil, *Gesammelte Werke* (GW), hrsg. von Adolf Frisé, Reinbek bei Hamburg: Rowohlt Verlag, 1978. Die römischen Ziffern bezeichnen den Band, die arabischen Ziffern die Seitenzahlen.

I Bd. 1: Der Mann ohne Eigenschaften.
II Bd. 2: Prosa und Stücke, Kleine Prosa, Aphorismen, Autobiographisches, Essays und Reden.

Zusätzliche Quellen:
NL Nachlass zu Lebzeiten. Hrsg. von Fred Lönker. Stuttgart: Reclam Verlag, 2014. [UNIVERSAL-BIBLIOTHEK Nr. 18990]
ÜD Über die Dummheit. Stuttgart: Reclam Verlag, 2014. [UNIVERSAL-BIBLIOTHEK Nr. 19257]

Überschriften in eckigen Klammern wurden für diese Ausgabe eingefügt, sie stammen nicht von Robert Musil. Die Orthographie wurde behutsam der neuen Rechtschreibung angeglichen.

I

ZEITENWENDEN –
Thomas von Aquin und die Elektrische

18 I,59 | **19** I,57 f. | **22** I,36 f. | **23** I,54 f. | **25** I,457 | **27** I,458 f. | 28 I,484 f. | **30** II,685 ff. | **32** II,683 ff. | **37** I,526 | **38** II,994 f. | **40** II,1075 ff.

II

GEIST, MORAL UND ANDERE UNSAUBERKEITEN –

Über den Zusammenhang von Moral und Waschzwang

45 I,152 | **47** ÜD,9 ff. | **72** I,94 | **73** I,153 f. |
75 1 I,154 f. 2 I,248 | **76** I,97 f. | **78** 1 I,116 f. 2 I,358 f. |
80 I,370 ff. | **83** I,520 f. | **85** I,183 f. | **87** I,103 f. | **89** I,246 |
90 I,229 f. | **91** I,186 | **93** I,254 f. | **95** II,1002 |
96 II,671 ff. | **100** II,677 f. | **102** II,876 f. |
104 1 II,1093 2 I,517 ff.

III

LIEBESFREUD UND LIEBESLEID –

»Man kann wahrscheinlich auf Erden nicht vollkommen lieben!«

108 I,813 f. | **109** I,883 ff. | **114** I,888 f. | **116** I,525 f. |
117 I,424 f. | **119** I,881 ff. | **123** I,940 f. | **125** I,1060,1133

IV

MENSCHLICHES UND TIERISCHES –

Die einfachen und die ersten Dinge des Lebens

128 NL,36 ff. | **130** II,793 f. | **132** II,698 | **133** II,813 |
134 II,815 | **135** II,647 f. | **136** II,1193 ff. | **140** I,428 f. |
141 NL,20 ff. | **144** NL,24 f. | **146** NL,31 f. | **148** I,523 f. |
150 NL,11 ff. | **153** NL,13 ff. | **157** I,648 f. | **160** I,650 |
161 I,902 | **162** I,689 | **164** II,560 f.

V

Zum Ende

167 ÜD,16 ff.

Verzeichnis der Abbildungen

17 Robert Musil im Alter von sieben Jahren in Steyr. Aus: Karl Corino: Robert Musil. Leben und Werk in Bildern und Texten. Reinbek bei Hamburg: Rowohlt 1988, S. 30.
20 Die Tennisspielerin Suzanne Lenglen in der von Ulrich bewunderten Haltung beim Prater-Preis in Wien 1925. Aus: Ebd., S. 356. – © ÖNB/Wien 1086760
44 Robert Musil im Alter von 21 Jahren. Aus: Ebd., S. 81.
107 Robert Musil, Zeichnung von Friedrich Feigl, Berlin 1920. Aus: Ebd., S. 293. – Sammlung Corino, Tübingen.
127 Robert Musil an seinem Schreibtisch. Aus: Ebd., S. 413.
166 Robert Musil, Graffiti von Jef Aerosol am Musilhaus in Klagenfurt. – © Wikimedia Commons / Neithan90.